http://www.bbulmedia.com

BBULMEDIA

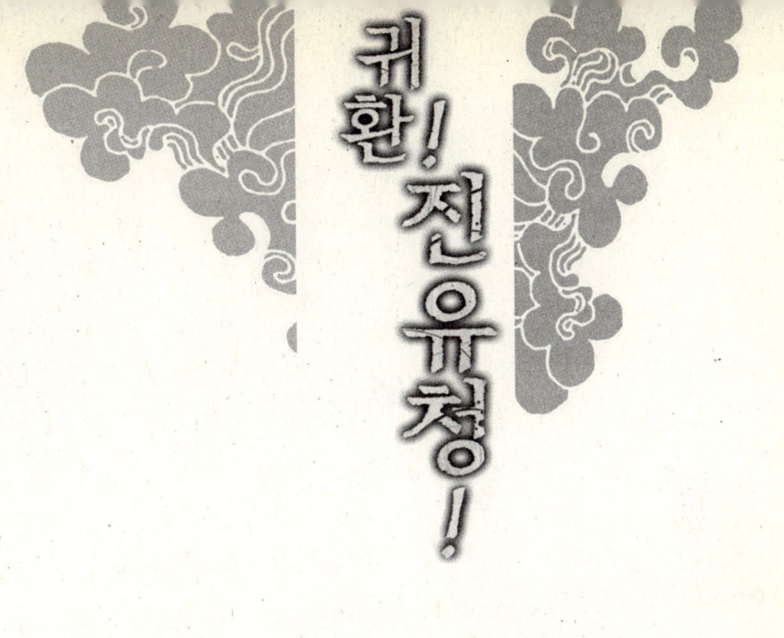
귀환! 진유청!

귀환! 진유청!

11

장보도!

로토 신무협 장편 소설

뿔미디어

목차

第一章

선물!

“저 자식 맞지?”

나무 뒤에 숨은 유청이 고개를 돌려 제 등짝에 딱 달라 붙어 있는 무진에게 물었다.

무진은 고개를 빼죽 내밀어 유청이 턱 끝으로 가리키고 있는 놈의 뒷모습을 확인했다.

“으응. 걔 맞긴 맞는데……..”

우물쭈물하는 모양새가 유청이 녀석이 또 무슨 사고를 치려고 이러나 싶어 걱정이 된 듯.

“맞으면 맞고, 아니면 아닌 거지. 맞긴 맞는 데는 뭐냐?”

뒤통수는 맞는 데 얼굴은 아닐지도 모른다, 뭐 그런 건가?

유청이 돌멩이 하나를 발끝으로 툭 차올려 공중에 띄운 다음, 몸을 왼쪽으로 비틀며 그 반동을 이용해 오른쪽 발등으로 강하게 찼다.

쉬이익!

바람 가르는 소리를 내며 날아간 돌멩이는 놈의 뒤통수에 정통으로 명중했다!

따악!

아아, 소리 좋고! 센 불로 밤을 구울 때 껍질 터지는 소리가 꼭 저랬다.

"뭐야, 이거? 어디서 날아온 거야?"

놈이 뒤통수를 부여잡고 끙끙거리다 주변을 돌아봤다. 하지만 눈에 띄는 이가 아무도 없으니 당황한다.

유청은 그 틈에 무진에게 다시 한 번 확인했다.

"어떠냐? 잘 봐봐. 뒤통수도 맞고, 얼굴도 맞아?"

이번에도 어물쩍 넘어가려 들면, 아예 돌덩이를 던져 저놈을 기절시킨 다음 똑똑히 확인할 기회를 주겠다는 의지가 엿보였다.

"으응. 마, 맞아."

어쩔 수 없었던 무진이 고개를 끄덕거리며 대답했다.

"흐응. 맞다 이거지?"

진유청이 한쪽 입꼬리를 비틀어 올리며 중얼거렸다.

그날은 도착했을 때 이미 너무 떡이 되놔서 저놈 얼굴

을 알아볼 수가 없어 얼마나 아쉬웠는지. 이제라도 확인
할 수 있어 참 다행이었다.

진유청 자신은 다른 건 몰라도 당한 건 잊지 않으니까.

그것도 싸가지는 밥 말아 먹고, 찔려도 아프단 소리조
차 하지 않을 채환이 녀석이 그런 얼굴을 하게 만든 놈 몫
은 절대!

진유청의 눈에서 불길이 활활 타올랐다.

무진은 유청이에게 저놈이 그 나쁜 놈이란 걸 확인시켜
준 게 과연 잘한 일일까 고민이 됐다.

자신이 저 나쁜 놈을 감싸줘야 할 이유는 전혀 없었지
만…… 유청이에게서 풍겨 나오는 기운이 영 심상치가 않았
던 것이다.

그때 무진의 귓가로 작은 소리가 들려왔다.

“춥…….”

유청이 침을 꿀꺽 삼키더니 입술로 혀를 핥는다. 흰 이
가 사납게 드러났다 닫혔다.

소리가 들려온 쪽으로 얼굴을 향했다가 정통으로 그 광
경을 목격한 무진이 눈동자를 또로록 굴려 시선을 내리깔
았다.

호열아, 몸 조심해야 해……!

무진은 저도 모르게 진심을 담아 나쁜 놈을 위해 빌어
주었다. 그렇게 몇 번 마음속으로 되뇌다 보니, 왠지 친숙

해진 그 이름이 꼭 친구처럼 느껴진다.

그래서일까?

성질 더러운 매의 먹이가 된 줄도 모르고, 병아리처럼 어리벙벙한 표정을 짓고 서 있는 팽호열이 조금 더 안쓰럽게 느껴졌다.

하나 유청이가 왜 저렇게 화를 내는지 무진도 안다. 팽호열은 유청이가 이만큼 화낼 짓을 분명 했다.

남의 상처를 그리도 독하게 건드린 건 확실한 악의를 갖고 한 짓이라고밖에 볼 수 없었으니까.

그러니, 호열아. 유청이가 세운 규칙대로, 잘못한 놈은 일단 맞고 시작하자, 응?

뼈마디 욱신거리게 맞고 실컷 괴롭힘 당한 다음 자기 잘못을 깨닫고 친구가 되든 아니면 원망을 품고 악연을 맺든. 그 후론 팽호열의 선택에 따라 인연이 갈리게 될 거다.

그리고 무진은 웬만하면 팽호열이 전자를 선택하길 바랐다.

그래야 그의 남은 인생이 평화로울 수 있을 테니까.

제 앞날을 걱정해 주는 좋은 친구를 사귈 기회를 얻었다는 걸 꿈에도 모르는 팽호열은 아무리 훑어봐도 돌이 어디서 날아왔는지 알 수 없어 씩씩대다 결국 찾기를 포기하고 가던 길을 이어갔다.

한데.

"그러고 보니…… 저 새끼, 저거. 지금 어디로 가고 있는 거야?"

진유청이 눈을 세모꼴로 뜬다.

"그, 그러게."

대체 호열이는 어쩌려고 저럴까?

무진이 정말 그가 어디로 가는지 몰라서 유청의 물음에 대답하지 못한 게 아니다.

진유청 또한 몰라서 무진에게 물은 게 아니듯.

지금 팽호열이 열심히 걸어가고 있는 이 길로, 유청과 무진이 아까 전에 사이좋게 걸어 나왔었으니까.

이 길로 쭉 가면 학관에서 나와 맹의 내성에 머물기로 한 동심회의 숙소가 있다.

오오라, 저놈. 채환이 근처에서 어슬렁거리려고 그러는 거 맞지?

"유청아, 그걸로 맞으면 죽어!"

유청이 집어 든 돌덩이를 본 무진이 기겁해 녀석을 말렸다.

하나 유청은 제 손에 들린 돌덩이를 힐끔거리더니 해맑게 웃으며 대답했다.

"아냐, 내 생각엔 안 죽을 거 같아."

나쁜 놈들은 질기기까지 하니까, 쉽게 죽어주지도 않는

다. 진유청 자신이 바로 산증인이 아닌가.

녀석의 확고한 믿음에 무진이 마른침을 꿀꺽 삼킨다.

"진짜야, 확인해 보라니까?"

이어진 유청의 말에 무진은 팽호열의 앞으로가 평안하기는 이미 글렀다는 사실을 직감했다.

"우리 소신선께선 어디 가는 길이신가?"

홍개를 비롯해 다른 장문인들과 숙소를 나선 청기자는 저만치 앞서 걸어가는 진유청을 발견하곤 인사를 건넸다.

"이현 형님에게 가던 길이었어요."

원래는, 말이다.

"그래? 이현이가 아직도 진 회주에게 붙잡혀 있나 보구나."

유명무실했던 맹주 자리마저 공석이고, 암묵적으로 군사 역할을 맡고 있던 제갈건도 한 걸음 물러나 있는 상황.

맹 내의 대소사를 관장할 만한 위치에 있는 이들이 모두 발을 빼니 하나, 둘 문제가 커지기 시작했다.

타 문파가 맹 내에서 독점적 권한을 갖게 되는 걸 극히 견제하던 이들이 한 행동이라고 하기엔 이해하기 어려운 점이 많았으나, 어쩌겠나.

당장 일어나고 있는 일인 것을.

무림맹쯤 되는 거대한 단체는, 하루 동안 사람들이 먹

어 치우는 비용만 해도 엄청났다.

한데 사람이 먹고만 살지는 않지 않나. 먹고 싸고 자고. 게다가 무사들의 봉급과 잔일을 하는 이들의 품삯까지.

무림맹 내 살림을 꾸려가는 총관부와 재정을 관리하는 진수(診數)당에서 어떻게든 막고는 있었지만 이젠 한계에 닿은 듯.

봉급을 받지 못한 하급 무사들이 비벼볼 언덕은 동심회뿐이었고, 먹고사는 문제에 민감한 진호철로선 차마 그들의 부탁을 거절할 수 없었다.

결국 진호철은 진수당에 들어 무림맹 내의 재정 상황을 확인하고 총관부와 상의하에 급한 불부터 껐다.

물론, 다른 문파들 사이에서 이런저런 말이 흘러나왔다.

아무리 동심회주라 해도, 무슨 자격으로 타 문파와의 협의도 없이 맹의 일에 직접 손을 대냐는 것부터 시작해서 빈자리가 있다고 덥석 차고앉은 체통 없는 행동을 지적하는 게 대다수였다.

그래도 진호철은 얼굴에 철판이라도 깐 것처럼 모든 외압을 무시했다.

입에 풀칠이나마 할 정도의 봉급을 받으면서도 무림맹의 일원이라는 자부심으로 버티던 이들에게 하나를 뺏더니 남아 있는 하나마저 뺏는다는 게 진호철로선 용납이 안 됐다.

첫 번째 것이 긍지였다면 두 번째 것은 가장의 자존심과 같은 게 아니던가!

손을 뗐던 놈들이 알아서 다시 기어들어 와 일을 맡던지, 아니면 사천이 회의를 거쳐 제대로 된 이가 진수당과 총관부를 맡아 밀린 일을 처리하던지.

그렇게만 되면 진호철은 더 있으래도 안 있을 거다.

누군 좋아서 머리 터져라 숫자 계산하며 장부 뒤적거리고 있는 줄 아나?

그런 진호철의 결심에 휘말려 가장 큰 피해를 보고 있는 이가 바로 진이현이었다.

남궁민을 밀어내고 젊은 무인들 중 최고의 무공을 지녔다 평가받는 무공 실력을 지닌 데다 머리까지 좋아 진가장에 있을 때부터 아버지를 대신해 동심회의 여러 업무를 보았으니. 진호철이 그렇게 잘난 아들을 그냥 놀릴 리가 있겠나.

"역시 뭐든 너무 눈에 띄게 잘하면 안 되는 거 같아요."

진유청이 고개를 설레설레 저으며 말했다.

할 줄 모르는 놈은 할 줄 모르니까 안 시키고. 할 줄 아는 놈은 할 줄 아니까 계속 시킨 다음 능숙하고 잘하게 만들어서, 더 부려먹지 않는가!

원래 세상이 그렇게 불공평한 거다.

과거 삶에선 세상 불공평한 것만 알고, 그보다 더 중요한 진리는 미처 못 깨달았었지.

그래서 그때 진유청 자신의 삶이 그렇게 다사다난 암울했던 거고 말이다.

"녀석 하고는."

제 형을 빗대 말한 걸 아는 청기자가 수염을 쓰다듬으며 입가를 말아 올렸다.

세상에 아무리 잘난 놈을 갖다 대도, 눈앞에 있는 요 녀석만 할까 싶은 거다.

그때 청기자 옆에 있던 홍개가 고개를 갸웃거리며 물었다.

"근데 유청이 넌 그러고 이현이한테 가는 게냐?"

"제가 뭘요?"

"그거 말이다, 그거."

홍개가 검지로 진유청의 오른손을 가리켰다. 아니, 정확하게 말하면 녀석의 오른손에 쥐어져 있는…… 낯선 놈의 손!

다 큰 사내 녀석들이 두 손을 깍지 낀 채 다정히 돌아다니면 그것도 상당히 이상한 일일 테지만, 지금 눈앞의 광경도 딱히 정상적으로 보이진 않았다.

기절한 게 분명해 보이는 놈은 바닥에 대자로 누워 있

고, 유청이 녀석은 반듯하게 서서 그놈 왼손을 끌어당겨 꼭 쥐고 있었으니.

"아, 이거요?"

유청이 오른손을 번쩍 들어 올렸다. 자연히 녀석이 깍지 낀 채 쥐고 있던 왼손과 이어진 팽호열의 상반신도 지면과 훌쩍 거리를 벌였다.

"그래, 그거. 아는 녀석이냐?"

귀찮은 건 질색하는 유청이 일부러 끌고 가는 걸 보니 말이다.

하지만.

"에이, 그럴 리가요. 나오는 길에 근처에 쓰러져 있기에 의약전에 데려다 주려고요."

진유청은 홍개의 추측을 가볍게 부정하며 깍지 끼고 있던 손가락을 풀어 버렸다.

조마조마 상황을 지켜보던 무진이 두 눈을 질끈 감았다, 그리고.

쿠웅!

한껏 치켜 올라가 있던 팽호열의 상반신이 뿌리쳐진 왼손과 함께 바닥에 처박혔다.

"……모르는 녀석이었구나."

홍개가 모래 씹은 표정으로 목을 뒤로 쭉 뺀 채 대답했다.

말은 그리했지만 다년간, 아니, 아주 오래 유청이를 봐 왔던 홍개는 확신했다.

저거, 분명 아는 놈이다! 그것도 그냥저냥 아는 놈이 아니라 유청이 녀석에게 단단히 찍힌 놈!

"호열아, 괜찮아? 죽은 거 아니지?"

얼른 정신을 차린 무진이 팽호열의 머리통을 달랑 들어 올려 두 손으로 붙잡고 흔들었다. 꽤나 걱정이 되는지 움직임이 격렬하다.

"무진아, 그 녀석 목 돌아가겠다."

목 돌아가면, 죽어…….

무진이도 팽호열 저 자식이 어지간히 싫었던 모양인 듯. 그래도 사람들도 많은데 그건 너무 심하지 않냐?

아직 초반인데 좀 살살 하자, 살살.

진유청이 혀를 차며 한 말에 무진이 제 양손에 끼어 있는 팽호열의 머리통을 내려다봤다.

몸은 축 늘어져 있고, 머리통만 곧 뽑힐 것처럼 쳐들려져 있는데…… 방금까진 안 보였던 혀가 입 밖으로 빼죽 나와 있다?

치, 침도 흘려!

"헉!"

깜짝 놀란 무진이 손을 떼자 팽호열의 머리통이 또 한 번 바닥으로 추락했다.

쿠웅!

센 소리가 났다. 이걸로 오늘 팽호열이 머리에 큰 충격을 받은 게 세 번째, 아니, 처음의 돌멩이까지 치면 네 번째가 됐다.

"그래, 그렇게 하는 거야. 티 안 나게, 실수인 척."

범죄를 저지를 땐, 심증은 줘도 확신은 줘선 안 되는 법!

진유청은 참 습득이 빠른 무진의 어깨를 토닥여 주며 작게 속삭인 뒤, 팽호열의 팔 한쪽을 잡아 제 옆으로 끌어당겼다.

그리고 무슨 일이 있었냐는 듯이 말짱한 얼굴로 입을 연다.

"어르신들께선 어디 가시는 길이세요?"

"아, 우린 학관에 볼 일이 있어서."

홍개가 얼른 대답했다.

"네, 그럼 잘 다녀오시고요. 저흰 이만 가볼게요."

진유청이 고개를 작게 숙여 보인 뒤 무진과 함께 걸음을 옮겼다.

터덩, 텅!

녀석들이 눈에 안 보일 만큼 멀어질 때까지, 질질 끌려가는 놈의 머리통이 바닥에 부딪치는 소리가 끈임없이 이어졌다.

“역시 우리 소신선은 마음이 넓구려. 모르는 아이라면서, 끝까지 저렇게 챙겨서 데리고 가는 걸 보면.”

무당 장문인인 청기자의 말에 홍개의 입이 쩍 벌어졌다.

뭐가 씌워도 단단히 씌지 않고서야 중간 과정을 다 봐 놓고서도 어찌 저런 말이 나올꼬?

아니, 애초에 저 팔자 더럽게 드세질 놈이 동심회 숙소 근처에서 아무 이유 없이 쓰러져 있었다는 거 자체가 말이 안 됐다.

동심회 숙소 근처로 온 놈을 누가 쓰러트렸다면 모를까. 이를테면…….

주위를 둘러보던 홍개의 눈에 커다란 짱돌이 눈에 띄었다.

저런 걸로, 뒤통수를 팍!

머릿속에 그린 듯 펼쳐지는 장면에 홍개가 고개를 휘휘 젓는다. 홍개를 따라 같은 곳을 향해 시선을 줬던 이들도 마찬가지.

“……갑시다.”

생각은 고만하고 가려던 길이나 마저 가는 게 좋을 것 같았다.

심술궂은 유청이라면 모를까, 저 순둥이 무진이 녀석한테까지 그만큼 원한을 산 놈이라면, 얼마나 나쁜 놈이겠나.

그렇게 이해하니 적어도 마음은 편했다.

일행은 애써 짱돌에서 눈을 돌려 얼굴을 정면으로 향했다.

"변화가 너무 느리다!"

학관에서 수업을 진행하던 강일언의 미간이 찌푸려졌다.

수련생들이 수업에 집중하지 못하고 있음이 느껴진 것이다.

자신의 수업을 들으며 몇 십 번, 몇 백 번 되풀이했을 동작인데도 불구하고 균형이 어긋나고 검끝은 흔들렸다.

쉬이익!

"그게 아니라니까!"

언성을 높여도 그때뿐.

그러니 어쩌겠나. 검 휘두르는 소리만 요란할 뿐, 수업의 진도는 조금도 나갈 수 없었다.

"그만!"

결국 강일언이 수업을 중단했다.

수련생들이 어정쩡한 자세로 동작을 멈춘 뒤 교두인 강일언을 바라봤다.

강일언은 나직하게 한숨을 내쉬더니 입을 열었다.

"……근래 학관이 어수선했다는 건 안다. 너희가 그로 인해 많이 힘들어 했었다는 것도 이제는 알고."

갑자기 교두가 왜 그런 이야기를 꺼내는지 의아했던 수련생들은 자세를 바로하고 이야기에 집중했다.

"교두인 우리들이 너희에게 좀 더 신경을 썼어야 했는데 그러지 못해서 미안했다. 그렇지만 우리는 그 일련의 상황들이 너희에게 좋은 영향을 끼칠 거라 여겼다, 그리고 진심으로 그러길 바랐다."

무림학관의 구조상 수련생들 모두를 교두 개개인의 제자로 여기긴 곤란했고, 그만큼 보살피거나 가르침을 주기에도 무리가 있었다.

하나 몇 년이고 얼굴을 마주하고 자라는 걸 보며, 틀린 걸 바로 잡아줄 기회가 있는 자신들이 스승까지는 아니어도 도움이 될 안내자는 될 수 있을 거라 여겼다.

동심회 소속 장문인들이 학관에 머물며 이런저런 일이 많긴 했지만, 그래도 평생 한 번 제대로 보기 힘든 대단한 인물들을 가까이 지켜볼 수 있는 기회로 배울 점이 더 많고 좋은 인연을 만들 수도 있지 않을까 기대했다.

물론, 그건 중방과 상방 수련생들에 대한 이야기다.

하방 수련생들이야 언제라도 돌아갈 든든한 배경이 있었고, 교두들을 학관의 관리인 정도로 취급하기 일쑤였으니.

게다가 허물어져 가는 학관에 있을 이유가 없다며 점점 방을 비우더니 무림맹이 네 개로 쪼개진 후엔 서로 다른 계파에 속한 이들끼리 같은 하방에 있을 수 없다며 모두 나가 버렸다.

그래놓고 맹 내의 분위기가 이상하게 흘러가고, 황궁에서 온 초린대까지 학관에 머물게 되자 다시 하나, 둘 하방으로 돌아왔다.

제 문파 어르신들이 동심회의 동태를 살피라 했는지, 초린대의 목적을 캐기 위해서 그런 건진 알 수 없지만……. 배움의 터에서 제각각의 목적을 갖고 이리저리 이득을 취하며 사람을 쥐고 흔들려 드는 하방 수련생들은 교두들에게 있어 불편하고 불쾌한 존재일 수밖에 없었다.

한데 그런 하방 수련생들에게 동조해 패싸움을 일으키고, 결국 학관에 호의를 갖고 여러 가지 관심을 베풀던 동심회 소속 어르신들을 쫓아내다니.

모든 중, 상방 수련생들이 다 그랬던 건 아니지만 어차피 결과는 그렇게 흘러가지 않았는가.

강일언을 포함해 의식 있는 교두들은 수련생들의 행동에 크게 실망했다.

아이들에게도 저 나름의 생각이 있어서 한 일일 테니 꼭 집어 누구의 탓이라곤 할 수 없지만, 안타까웠다.

"어쨌든 너희가 원하는 대로 됐다면 더는 잡념에 빠지

지 말고 수업에 집중해야지, 어떻게 갈수록 나빠지느냐!”

그가 엄한 어조로 수련생들을 꾸짖는다.

수련생들은 고개를 푹 숙이고 아무 말도 하지 못한다.

자기들이 원했던 게 이런 거냐 하면, 그건 또 아닌 것 같았다.

처음엔 자신들도 동심회에 많은 기대를 했었다. 혹시나 싶은 마음, 없었던 건 아니니까.

그렇기에 다시 돌아온 하방 수련생들이나, 후기지수들의 꼬임에도 넘어가지 않고 제자리를 지키려 노력했었고.

하나 아무리 동심회 소속 어르신들이 잘해주셔도 그분들 곁엔 너무 잘난 놈들이 많았던 거다.

그에 비하면 자신들은 그냥 똥개 같은 게 아닐까 싶어졌을 정도로.

옆을 지나가면 귀엽다고 만져 주고 예뻐하지만, 데려다 키우라고 하면 슬쩍 발을 뺀 뒤 고개를 돌리게 되는, 그런.

차라리 하방 수련생들이 돌아와 하방을 채우면 학관에 도움이 될 것 같았다.

원래도 자신들은 하방 수련생들에게 잘 보여 그 줄을 잡고 오를 목적으로 학관에 왔던 게 아닌가.

현재 남아 있는 학관 수련생들이 자주 듣는 얘기가 있다.

학관이 쇠퇴하기 시작한 건 바로 진유청이란 녀석이 상방 오호에 입소하면서부터라고.

그가 들어와 하방 수련생들과 싸움을 일으키고, 저를 동조하는 중방과 상방 수련생들을 선동해 수직적 계급 관계를 비틀려 했을 때부터 학관에 변화가 생겼다고 말이다.

이후 많은 하방 수련생들이 학관을 떠났고 악순환처럼 그 영향을 받은 중방과 상방 수련생들까지 수가 줄었다.

그 시기를 거쳐 남은 찌꺼기가 바로 지금의 학관인 것이다.

가뜩이나 학관을 닫네 마네 말이 많은 때 이전에 학관을 망하게 했다는 원흉이 다시 나타나고 그와 함께 온 이들로 인해 이런저런 상념이 교차하게 되니. 마음이 동요했다.

결국 여태껏 하방 수련생들의 지시를 내켜 하지 않고 따르지 않았던 이들까지 동조해 일을 치게 됐다.

자기들을 부르는 하방 수련생들의 부름에 따라 달려가서 주먹을 내지르고, 그러다 보니 그동안 쌓였던 설움과 불안이 폭발해 이성을 잃어버렸다.

동심회 어르신들이 미안하다며 사과까지 하고 학관을 나가 예전에 맹에 오셨을 때 머물렀다는 처소로 옮겨가신 후, 하방 수련생들도 썰물처럼 빠져나갔다.

마치, 동심회와 반쪽의 화산파 그리고 초린대가 없는 학관은 아무런 가치도 없다는 듯이.

설마 또 그럴까 했는데, 정말 그랬다.

하방 수련생들에게 학관이나 다른 수련생들은 똥개만큼도 안 됐던 거다.

"이런, 우리가 때를 잘못 맞춰 온 것 같구려."

청기자의 목소리가 들리자, 강일언은 물론 수련생들도 깜짝 놀라 고개를 들었다.

"어쩐 일이십니까?"

강일언이 반갑게 일행을 맞이했다.

"어쩐 일은. 우리가 꼭 볼일이 있어야만 보는 사이인가. 제법 시간을 같이 보냈는데도 강 교두는 너무 무정하구만."

"불미스러운 일로 학관을 나가셨으니, 이곳으론 발걸음을 하지 않으실 줄 알았지요."

"그럴 리가 있겠나. 쌓인 정이 얼만데. 그리고 그 일은 전적으로 우리 책임이라 하지 않았는가."

아버지는 물론 그토록 따르는 형까지 왜 싸웠냐며 이유를 물었지만 유청은 절대 대답하지 않았다. 그건 다른 아이들도 마찬가지.

어른들이 그 일에 대해 자세히 알게 된 건 상황이 흘러가는 걸 본 나채환이 직접 제 입으로 얘기했기 때문이었다.

그들은 나채환이 무표정한 얼굴로 담담히 뱉어내는 이야기를 들으면서 같이 슬퍼하고, 같이 화냈다.

그리고 내린 결론은 채환이는 잘못이 없고, 동심회는 잘못했다는 것.

한데도 사건의 경위를 지적해 애초에 이런 일이 벌어지게 만들었던 하방 수련생에게 죄를 묻지 않고 모두 자신들의 탓으로 돌리는 건, 채환이의 일을 언급하는 것 자체가 녀석에게 상처가 될 수 있음을 알기에.

"다 저와 교두들이 부족한 탓입니다. 중간에서 역할을 잘했어야 했는데."

"무슨 소리, 그런 말 말게나."

청기자가 손사래를 치더니 강일언이 더 이상 그 일을 언급하지 못하도록 말을 돌렸다.

"오다 보니 수련생들이 혼이 나고 있는 것 같던데, 무슨 일이라도 있었나?"

"수업에 통 집중을 못해서 한마디하던 차였습니다."

"그랬군. 우리는 학관에 머물면서도 수련생들에게 많은 관심을 갖지 못했던 거 같아. 괜찮다고 하면 견학이라도 해볼까 하고 왔던 참인데 말이야……."

청기자가 본론을 꺼냈다.

"무, 물론 괜찮습니다."

강일언이 그답지 않게 긴장하여 대답했다.

은근히 돌려 말하긴 했지만, 아무리 봐도 청기자가 방금 한 말은 아이들의 검술 지도에 도움을 주겠다는 뜻으로 해석됐다.

손에서 완전히 떠난 줄 알았던 기회가 다시 온 것이다.

수련생들도 정신을 번뜩 차렸는지 풍겨 나오는 기세가 좀 전과는 판이하게 달랐다.

"그럼 부탁드리겠습니다. 잘 보아주십시오."

강일언이 공손히 머리를 숙인 뒤 수련생들에게 눈짓을 했다.

쉬익!

검을 휘두르며 온 정신을 집중하니 검끝이 바람을 가르는 소리가 매서워졌다.

수련생들이 검을 휘두르고, 동심회의 어르신들이 그 광경을 지켜보며 이런저런 이야기를 나눈다.

이윽고 수련생들이 동작을 멈추고 검끝을 땅으로 향하자, 일행은 미리 정한 대로 몇 명씩 아이들을 나눠 그들이 가진 장, 단점에 대해 설명해 주기 시작했다.

강일언은 제자와 같은 아이들을 질투할 마음은 전혀 없었다. 다만 평생 자신에겐 오지 않았던 기회를 얻은 녀석들이 조금쯤 부러운 건 사실이었지만.

그때 혼자 뒤로 물러나 있던 청기자가 강일언에게 다가

갔다.

"자네의 검은 정직하고, 한 치의 오차도 없다고 하던데 한 번 보고 싶군."

"저, 말입니까?"

"그래, 자네. 사실 유청이에게 한마디 들었다네. 자네 집을 차지하고 앉아 여러 가지를 축냈으면서도 밥값 한 번 제대로 낸 적 없다고 말이야."

생각해 보니 정말 그런 듯해 청기자는 이번 기회에 밥값을 두둑하게 낼 심산이었다.

"그건 제가 좋아 즐거이 대접한 겁니다. 계산을 하기 위해서가 아니었습니다."

"알고 있다네. 그렇기 때문에 이렇게 선물을 할 마음도 든 게지. 아니라면 유청이가 아무리 구박을 했어도 이리 직접 나서진 않았을 걸세.

청기자가 강일언을 향해 빙그레 웃어 보였다.

자신들이 가면 향긋한 차는 언제나 따뜻하게 데워져 있었고, 그의 부인은 그릇 가득 음식을 만들어 탁자 위에 놓아 주었다.

진가장이 어땠는지 청기자는 모른다.

그는 진가장에 가본 적이 없기 때문이다. 하나 사제인 청운자가 자주 말하고 그보다 더 많이 그리워하는 그곳이 강 교두의 집과 같은 향취를 갖고 있다면……

더 생각해 볼 것도 없으리. 그곳은 아주 다정하고 상냥한 곳일 게 분명할 테니.

"자네의 검, 내게 보여주게. 내 자네를 평가하려는 게 아니라, 자네가 어떤 사람인지를 알고 싶어 그러는 게니."

청기자의 말에 강일언이 옆구리에 차고 있는 검의 손잡이를 힘차게 말아 쥐었다.

매일 손에 쥐는 검인데도 오늘은 특별했다. 그래서인지 셀 수 없이 많이 뽑아본 검인데도 긴장으로 인해 손끝이 희미하게 떨렸다.

그가 호흡을 가다듬는다, 그리고 잠시 후.

채챙!

그의 검이 햇빛 아래 모습을 드러냈다. 그동안 노력한 것의 보답인지 그의 검끝은 더 이상 흔들리지 않았고, 저를 드러낼 준비를 완전히 끝마쳤다.

누군가는 비웃고. 어떤 이는 별 볼일 없다 쳐다보지도 않는 중급 검술 교본.

하나 강일언은 당당하게 그가 가장 잘 알고 계속해서 익혀온 그의 최고의 검술을 펼쳐 보였다.

중급 검술 교본이 그의 손끝에서 완벽하게 그려졌다.

"호오."

강일언이 검술을 시현하자 청기자의 입에서 감탄성이

터져 나왔다.

청기자는 중급 검술 교본을 직접 본 적이 없지만, 지닌 무공이 워낙 높다 보니 흐름을 읽는 눈 또한 남들과는 다를 수밖에 없었다.

게다가 중급 검술 교본이 천고에 없는 비급도 아니고, 흔한 가운데 조금 나은 수준의 그럭저럭한 검술 교본이 아닌가.

청기자는 그리 어렵지 않게 강일언이 펼치는 검술로 중급 검술 수련 교본을 풀이해 낼 수 있었는데…….

강일언을 지켜보던 청기자의 미간에 점점 주름이 잡히기 시작했다.

"하얏!"

강일언이 기합을 내지르며 몸을 허공으로 띄운 뒤 팽그르르 회전하며 검을 내질렀다.

그리고 가볍게 바닥에 착지. 검을 사선으로 한 번 그어 내려 남은 호흡을 뱉어내고 청기자가 있는 곳을 향해 얼굴을 돌렸다.

"……제가 미천한 실력으로 괜히 장문인의 눈만 어지럽혔나 봅니다."

청기자의 표정이 그리 좋지 못하자 강일언이 조심스레 말했다.

"아니, 아니네. 절대 그래서가 아니네. 자네의 검술은 완벽했네."

"저를 위해 그렇게 말하실 필요 없습니다. 저도 더 이상 검술이 늘지 않고 완전히 멈춰 섰다고 느낀 지가 제법 오래됐습니다."

강일언은 자조적인 미소를 얼굴에 띠었다.

저가 한 검술 시현을 본 이가, 그것도 무당의 장문인쯤 되는 이가 위로를 해줘야 할 정도라고 느꼈다면 더 이상 희망을 품을 수 없었다.

굳어 버린 근골과 가진 재능의 한계, 더 나아가 뒷받침해 줄 배경도 없는 자신 같은 이는 뒤늦게 아무리 좋은 기회를 얻는다 해도 활용할 수 없게 된다는 걸.

자신은 이미 늦었다는 걸, 강일언은 이제야 확실히 알게 된 것 같았다.

현실의 벽은 절대 뛰어넘을 수 없는 것이다.

그의 쓸쓸한 얼굴에 청기자가 뭐라 말을 하려다 말고, 그냥 입을 다물었다.

무슨 말을 한다 해도 지금은 먹히지 않을 거란 걸 느낀 탓이다.

"교두님, 여쭤볼 게 있어요."

홍개에게 지적받은 부분을 수정하기 위해 열심히 검을 휘두르던 수련생 하나가 강일언에게 다가왔다.

강일언이 멍하니 서 있는 모습을 보니, 그와 청기자 사이의 용무가 끝났다 여긴 것이다.

강일언은 비록 강한 무공을 익히진 못했지만 심지가 곧고 강직한 이였다. 자신의 꿈을 놓아 버리는 마지막 순간의 잔상마저 깨 버리는 어린 수련생 앞에서도 얼굴을 굳히지 않고, 평소와 다름없는 표정과 목소리로 말했다.

"무엇이냐, 얘기하여라."

그가 청기자를 향해 정중히 머리를 숙여 자신의 무공을 보아준 것에 대한 감사를 표한 후, 수련생과 함께 연무장 한 편의 빈자리로 향했다.

"흐음……."

청기자가 안타까운 시선으로 그런 강일언을 바라봤다.

"일 잘 보셨어요?"

청기자 일행은 학관에서 나와 숙소로 돌아가는 길에 또다시 진유청과 마주쳤다.

녀석을 만나자마자 일행의 시선이 가장 먼저 향한 곳은 바로 녀석의 손이었다.

그리고 다행이라고 해야 할진 모르겠지만, 녀석의 손은 비어 있었다.

어쨌을까, 아까 그놈은.

묵은 숙변이라도 해결한 것처럼 개운해 보이는 유청의

얼굴이 찜찜했다.

다들 대답은 하지 않은 채 저만 빤히 바라보자 유청이 고개를 갸웃거렸다.

"왜요? 별로였어요?"

"그럴 리가 있겠냐. 중급 검술 수업은 물론 다른 수업까지 다 참관하고 교두들과 수련생들의 검을 봐주고 오는 길이다."

홍개가 얼른 대답했다.

"잘하셨어요. 분명 모두에게 좋은 시간이 됐을 거예요."

학관 소속 사람들은 물론, 자신들에게도.

그건 그렇고. 이분들, 뭘 잘못 드시기라도 했나?

왜 자꾸 가자미눈을 하고 날 보실까?

진유청이 묘하게 신경을 거슬리게 하는 시선에 콧잔등을 찡긋거리며 신경질을 내려는 찰나, 청기자가 입을 열었다.

"강 교두는 들었던 것보다 더 정심한 검을 가지고 있더구나."

청기자는 그의 검을 보고 난 이후 내내 혼자만의 생각에 잠겨 있던 차였기에 일행의 분위기와는 조금 동떨어져 있었다.

물론 그게 아니더라도, 주변에 휩쓸리는 법이 없는 대

범한 사람이었지만.

"그렇죠? 강 교두님의 검술은 정말 일품이라니까요?"

오현이가 스승님으로 모신 분인데 당연하다.

청기자의 말에 방금 신경 쓰던 일은 홀랑 뒤로 넘겨 버린 유청은 마치 저가 칭찬받은 것처럼 기분이 좋아졌다.

그렇지만 귀에 단 얘기만 있는 건 아니었다.

"확실히 정해진 대로의 완벽한 검로를 그리더구나. 하나 그 이상이 없다. 스스로도 검술에 진보가 없다 답답해하는 것 같고, 내가 봐도 실제로 정체가 상당히 길었던 것 같고 말이다. 문제는, 이대로라면 강 교두가 나아갈 길이 더는 없을지도 모른단 사실이란다."

"그, 그럼 어떻게 해야 해요?"

길이 막혔으면 뚫어야 할 게 아닌가. 무당 장문인쯤 되는 이니 방법 한두 개 정도는 알지 않을까 싶었다.

"아무래도 그가 가진 검을 버려야 할 것 같다."

"네?"

그건 길을 뚫는 게 아니라, 길을 부서트리는 게 아닌가?

유청의 반응을 예상했다는 듯 청기자가 세심히 설명을 해줬다.

"강 교두는 너무 오래 중급 검술 교본에만 매달린 것

같구나. 하나만 진득하니 파고든 게 나쁘다는 건 아니지만, 깊이가 모자란 검식 자체가 가진 한계와 더불어 강 교두가 수련을 거듭하며 정형화된 틀이 그 자신을 가두고 있게 만들었으니.”

만류귀종이라. 삼류검법이라도 극에 닿도록 수련하면 일가를 이룰 수 있는 건 사실이다.

그러니 중급 검술 교본 또한 그러하리. 죽도록 노력하고 또 노력하고 그래도 안 되면 더 노력하는 방법으로.

아니면 하늘이 내린 재능으로 하나를 배우는 걸로도 수십 수백의 수를 만들어낼 수 있는 천재이던지.

그건 절대 불가(不可)하다는 건 아니지만, 이루어낸 이가 극히 드물 정도로 가능성이 낮다는 뜻이었다.

그래서 무인들이 뛰어난 무공서를 갖기 위해 그토록 애타 하는 것이었다.

쉬운 길이 아니라, 좋은 길을 찾기 위한 안내서로서. 한계가 손에 닿지 않을 만큼 멀어, 도전하고 노력할 여지와 이해의 폭이 넓어질 테니까.

“변화가 필요하다는 거네요.”

반복 학습만큼 좋은 결과를 내는 건 없다고 생각하는 유청이지만, 강일언에겐 그게 오히려 독이 된 거다.

크게 뛰어나지 않은 중급 검술 교본을 익히면서도 그

이상을 넘볼 수 있을 만큼의 노력은 있었으나. 그걸 넘어설 재능이나 깨달음을 얻을 계기는 가지지 못한 채 제자리만 맴돌다 시야가 좁아진 탓.

"그렇지."

청기자가 고개를 끄덕거렸다.

진유청이 한숨을 내쉬었다. 강일언이 넘을 수 없는 현실의 벽 앞에서 얼마나 좌절했을지가 생생히 전해졌다.

어디 괜찮은 검술 서적 없나? 아니면 외롭고 쓸쓸하게 늙어가는 독거 노고수라도 한 분 소개받던지.

강 교두님의 나이가 적진 않지만, 그래도 아직 누구 제자로 들어가서 새 생활하시기에 많이 늦은 건 아닐 거다.

진유청의 얼굴에 걱정이 가득하자 청기자가 녀석의 어깨를 두드렸다.

"내 알아서 할 테니, 너무 신경 쓰지 말거라. 그는 저가 할 수 있는 한도 내에서 최선을 다한 게 아니더냐. 그가 한 노력이 당장은 악수(惡手)가 됐지만 오늘을 기점으로 멀리 내다보면 그 또한 앞으로 나아가기 위한 과정 중 일부로 녹아들 날이 올 테니까."

장문인 당신께서 알아서 하신다 하셨고 오늘을 기점으로란 선까지 분명히 그으셨으니, 그 말인 즉!

"저는 예전부터 무당파를 깊이 존경하고, 왠지 모르게 친근감이 느껴지더라고요."

고기와 술, 여자와 친해질 수 없다는 것만 빼면 아주 좋았답니다!

물론 그 세 가지가 진유청의 인생에 얼마나 큰 부분을 차지하는지에 대해서야 당장 언급할 필요는 없을 테니 제쳐 두고.

진유청 요물이 청기자 앞에서 뾰족한 꼬리를 살랑거렸다.

"역시 그랬구나!"

청기자의 입가가 말려 올라간다. 우리 소신선은 소림이나 개방보다, 무당인 거다.

사실 신선이 불가나 거지패보다 도가와 어울리는 건 당연한 일 아니겠나.

"그럼요! 그러니 그 넓은 마음으로 강 교두님 잘 부탁 드려요, 아셨죠?"

"알다마다."

빤히 들여다보이는 소신선의 속내에 청기자는 기꺼이 넘어가 줬다.

왜냐하면 이 아이는 항상 남을 위해 저가 먼저 웃고, 화내고, 고마워하니까.

그저 존재하는 것만으로도 청기자 자신이 꿈에 그리던 청량한 공기와 밝은 빛을 세상에 전해주는데, 뭔들 못해 줄까. 그러니 어찌 이 정도도 해주지 못할까.

"숙소로 가시던 길이죠? 같이 가요."

진유청이 청기자 옆에 냉큼 섰다.

그렇게 나란히 걸음을 걷던 중 홍개가 유청의 어깨 위로 불쑥 머리를 내밀며 귓가에 대고 속삭였다.

"그런데, 유청아."

"말씀하세요."

유청이 홍개를 힐끔거린 뒤 대답했다.

"아까 걔, 누구냐?"

누구기에 요 녀석에게 찍혀 고생을 하는 건지, 홍개는 너무 궁금했다.

"그 모르는 녀석이요?"

"그래, 그 모르는 녀석 말이다. 무진이 녀석이 호열이라 부르던데."

"맞아요. 그 모르는 놈 이름이 호열이에요. 성은 팽씨고요."

여전히 모르는 놈이라고 부르는 것치곤, 아주 시원한 대답이 돌아왔다.

홍개는 그렇구나, 라며 고개를 끄덕이려다 멈칫했다.

그럼 아까 질질 끌려가던 녀석이 팽호열이라는 건가?

홍개의 머릿속에 초린대 대장이라는 나채환과 얽혔던 패싸움의 원흉이 떠올랐다.

그리고 뒤이어 기억난 사실 하나. 유청이가 그때 그 일로 팽가라면 이를 득득 갈았었지, 아마?

“어, 어쨌냐?”

“뭘 어째요?”

“호열이, 어쨌느냐고.”

호열이는 무슨. 그놈이 언제부터 거지 할아버지랑 아는 사이였다고 그렇게 다정하게 부르세요?

쌜쭉하니 홍개를 바라보던 진유청이 입을 열었다.

“설마 제가 어디다 묻어 버리기라도 했을까 봐요?”

상상도 못한 말에 오히려 홍개가 기겁했다.

“아무리 내가 유청이 널 그렇게 생각했을까! 그냥 궁금해서……?”

말을 하다 말고 홍개가 갑자기 입을 다물었다.

아까부터 있는 듯 없는 듯 조용히 유청이 녀석 옆에 서 있던 무진의 안색이 새파래진 게 눈에 들어왔기 때문이다.

홍개가 무진과 유청이 녀석을 번갈아 바라봤다.

……정말 묻은 거냐?

홍개가 눈으로 묻는 말에 진유청은 눈가를 새치름히 휘는 걸로 대답을 대신했다.

마치 농담을 한 거라는 듯이. 아니면 농담이라고 믿으라는 듯이.

그리곤 딱딱하게 얼어붙은 홍개를 내버려 두고 휑하니 가 버린다.

멍하니 굳어 있던 홍개가 번뜩 정신을 차리곤 유청이를
뒤쫓았다.
"유청이 이 녀석아! 말로 해, 말로!"
그러니까 묻은 거니, 안 묻은 거니, 응?
유청이를 졸졸 따라가며 채근하는 홍개의 머릿속이 어
질어질했다.

第二章

소악마(小惡魔) 진유청!

팽호열은 편안한 기분을 느끼고 있었다.

부드러운 압력이 온몸을 내리누르고, 정신은 몽롱해 아득한 곳을 헤매고 있다.

마치, 어머니의 뱃속으로 돌아간 것처럼.

어렸을 적부터 치열한 삶을 살아왔고, 앞으로도 그래야 할 불쌍한 자신. 이대로 좀 더 쉬고 싶다.

눈을 뜨고 싶지 않았다.

귓가로 사람들의 웅성대는 소리가 들리기 전까지는.

"또야?"

뭐가 말인가?

팽호열이 멍한 상태에서 고개를 갸웃거리다가 뒤통수에

서 느껴지는 통증에 눈살을 찌푸렸다.

왜 이렇게 머리가 아프지? 꼭 누군가한테 얻어맞은 것처럼.

안개가 낀 것 같던 머릿속이 조금씩 개이며 그가 슬며시 두 눈을 떴다.

처음에 시야에 잡힌 건 사람들의 발이었다. 한 쌍, 두 쌍, 세 쌍…….

하여튼 많았다.

그런데 왜 눈을 뜨자마자 발이 보일까? 자신이 누워 있었다면 천장이 보이거나, 아니면 하늘을 보고 있어야 하는 거 아닌가?

팽호열은 몸을 일으키려 했다. 그러나 손가락 하나 꼼지락할 수가 없었다.

"으…… 으……."

입을 열어 말을 하려 하지만 목소리가 꽉 잠겨 제대로 나오지가 않았다.

"오늘은 언제부터 이러고 있었던 거래?"

누군가의 말이 귓전에 내려앉았다.

마지막 남은 안개 무리가 사그라지고, 머릿속이 환하게 개인 팽호열이 눈을 내리깔아 아래쪽을 확인했다.

설마 했지만, 제 몸뚱이 대신 흙바닥이 보였다.

턱을 이리저리 움직이자 까슬한 모래가 알알이 쓸린다.

자신이 왜 그렇게 바보같이 이런저런 생각을 떠올리며 정신 차리기를 일부러 늦췄는지 이제야 알 것 같았다.

너무 쪽팔렸으니까. 다시 같은 경험을 한다는 게 견딜 수 없이 괴로웠으니까!

팽호열은 자신의 처지를 깨닫는 순간 눈앞이 노래지고, 분통이 터져 이대로 숨이 넘어갈 것 같았다.

"이런 개새끼! 걸리면 죽여 버리겠다!"

얼마나 화가 났는지 좀 전엔 갈라져 제대로 나오지도 않았던 목소리가 우레처럼 터졌다.

이게 몇 번짼가.

팽가의 처소에서 나와서 돌아다니기만 하면 어느 순간 정신을 잃고, 깨보면 학관 내 하방 앞 공터에 묻혀 있었다.

그것도 목 아래는 땅 속에 있고, 머리통만 달랑 내민 채로.

그가 노기를 터트리며 흙속에서 빠져나오려 하지만, 얼마나 깊게 파묻고 주변 흙을 꽉꽉 밟아 놨는지 혼자 힘으론 절대 헤쳐 나올 수가 없었다.

하방 수련생들은 모두 학관을 나갔으니 도움을 청할 만한 동료도 없다.

어쩔 수 없이 그가 주변에서 구경을 하던 중방과 상방 수련생들을 올려다봤다.

이런 꼴인 자신을 보고 있단 사실 하나만으로도 눈을 파 버리고 싶지만…… 당장 꺼지라고 외치기엔 자신의 처지가 좋지 않았다.

저들이 다 가 버리면 누가 자신을 구해줄 수 있단 말인가.

"……도, 도와줘."

팽호열이 이를 득득 갈며 도움을 청하자 이제 익숙해진 몇몇 수련생들이 다가갔다.

팽호열은 자신이 기절해 있는 사이, 이렇게 구경거리가 되고 스스로 충격을 먹기 전 꺼내줬으면 훨씬 더 좋았을 거라 여겼기에 뒤늦게 생색을 내기 위해 손을 내미는 놈들에게 고마움 따위를 느끼진 않았다.

서걱거리며 흙을 헤집어 파내는 소리가 간간히 울려 퍼지다가 상반신이 드러났을 때쯤, 팽호열이 자유로워진 두 손을 좌우로 넓게 벌려 땅을 짚고 몸을 위로 쭉 밀어 올렸다.

이것도 몇 번 해보니 경험이 생기는 듯. 익숙하고 쉽게 하반신을 땅속에서 빼낸 팽호열은 만족스러워하려다 멈칫했다.

이렇게 멍청하다니. 이런 걸 익숙하고 잘 해내는 게 뭐가 자랑스럽다고!

"봤냐?"

“뭘 말입니까?”

팽호열이 흙 속에 파묻혔던 몸을 꺼내는 데 도움을 줬던 중방 수련생이 조심스레 되묻는다.

“날 이 꼴로 만든 놈, 봤냐고.”

“……못 봤습니다.”

돌아온 대답에 팽호열의 눈이 매서워졌다.

자신에게 잘 보이고 싶으면, 이런 일이 또 있을 걸 대비해 미리 잠복이라도 하고 있었어야 하는 거 아닌가?

그래서 원흉을 찾아내 자신에게 고하면 자신에게 얼마나 도움이 됐겠나.

“이 얘기가 학관 밖으로 나가면 오늘 여기 있던 너희한테 책임을 물을 것이다.”

팽호열이 살기를 담아 주위에 있던 녀석들에게 쏘아붙인 뒤 씩씩대며 공터를 빠져나간다.

어디 가서 고해바치지도 못할 거지 같은 일을 계속 당하다 보니 진짜 돌아 버릴 것 같았다.

“누굴까?”

팽가 출신인 자신을 이렇게 대할 만한 놈. 그만큼 자신에게 원한이 있는 놈.

저번부터 심중에 두고 있던 한 명이 바로 떠올랐다.

나채환, 이 개새끼.

비루한 집안에 천박한 짓거리를 고대로 물려받은 게 분

명하구나.

팽호열은 제 몸과 함께 묻혀 흙투성이가 된 도를 뽑아 들고 학관을 나섰다.

그리고 얼마 후, 팽호열은 편안한 기분을 느끼며 눈을 떴다.

으응?

분명 자신은 동심회의 숙소로 가는 길을 걷고 있…….

그때 코끝으로 훅하고 밀려들어 오는 흙냄새. 턱으로 느껴지는 모래알들.

다른 게 있다면 아까는 낮이었고 자신을 빼내 줄 구경꾼들이라도 있었지만…… 지금은 밤이고 주변에 아무도 없다는 것뿐.

상황을 깨닫는 순간, 팽호열은 제 분에 못 이겨 그대로 다시 기절해 버렸다.

비명을 지를 새도 없었다.

그는 그대로 정신을 차리지 못한 채, 다음 날 아침 전날과 똑같은 모습으로 발견됐다.

"하아. 파묻는 것도 귀찮은데 이제 고만 좀 하지."

이번에는 깨어나서도 제 발로 걷지 못하는 팽호열을 수련생들이 부축해 학관을 나서는 모습을 지켜보며 진유청이 손사래를 쳤다.

무진은 그런 진유청을 보고 어깨를 축 늘어트리며 말했다.

"누가 더 나쁜 놈인지 모르겠어……."

무진의 진심이다.

진유청이 콧잔등을 찡그리더니 휙 소리가 날 만큼 세게 무진을 돌아봤다.

"당연히 저놈이 더 나쁜 놈이지!"

그걸 말이라고 하냐!

처음부터 그러지 않았거나, 아니면 파묻혔을 때 그만뒀거나. 만약 팽호열이 순순히 포기했다면 진유청도 이렇게까진 하지 않았을 것이다.

한데 팽호열은 계속 같은 짓을 되풀이했고, 진유청은 고대로 갚아줬다.

"그건 그렇지만……."

무진도 이해는 할 수 있지만, 마음이 좋지 않은 건 어쩔 수 없었다.

"으이구, 이렇게 마음이 약해서야. 무진이 넌 정말 소림으로 돌아가야겠다."

진유청이 반질반질한 무진의 머리를 쓰다듬으며 한숨을 내쉬었다.

무림맹에 가장 어울리지 않는 녀석을 꼽으라면 바로 이 순둥이 녀석이 아닐까 하는 생각이 종종 든다.

혈불로 이름을 날렸을 땐 스스로 곪아 상처받았지만, 제 이름인 무진을 잃지 않고 유청의 앞에 서 있는 이 순수하고 맑은 녀석은…….

남들로 인해 상처받아 곪아가게 될지도 모른다.

"싫어, 혼자서 안 갈 거야. 사부님이랑 유청이 너랑 우리 동심회 식구들이랑 다 같이 있을 거다!"

무진이 고개를 휘휘 젓는다.

채환이와 한수, 그리고 경찬이는 물론 진호나 호선이 모두가 어른이 되가는 데 요 꼬맹이는 당최 자랄 생각을 안 한다.

유청의 꽁무니만 졸졸 쫓아다니던 어린 시절 고대로.

분명 중간에 큰 아픔을 겪었고, 그걸 품어 안을 수 있는 강함을 배웠을 텐데도 어찌 이럴꼬.

"하긴. 쑥쑥 잘 자라는 녀석들이 있으면 항상 뭘 해도 늦된 녀석도 있어야 하는 거겠지."

소림방장의 애제자이자, 무공에 대한 재질은 소림에서 가장 뛰어나다 칭찬받는 무진이 뭘 해도 늦되고 더딘 꼬맹이로 전락한 순간이다.

그러니 유청은 자신이 좀 더 신경 써서, 다치지 않게 하고 싶었다. 무진이 저 스스로 어른이 되려 하기 전까지는.

그걸 아는지, 모르는지. 무진은 제 머리통을 쓰다듬다

가 박자를 맞춰 찰싹찰싹 때리고 있는 진유청을 힐끔 올려다본다.

유청이는 어째 어렸을 때랑 하나도 안 달라진 거 같다고 생각하면서.

심술 맞고, 못된 장난치는 거 좋아하고. 당한 건 꼭 몇 배로 갚아줘야 직성이 풀리고.

그래도 어쩌겠나, 친구인 무진 자신이 놀아줘야지.

저 성질머리 때문에 어디 가서 험한 꼴 안 당하게 잘 지켜주고 말이다.

같은 생각을 하며 서로를 바라보는, 똑같은 놈들. 그래서 친구고, 그러니까 친구였다.

하지만 어떤 이들에게 있어 그 말은 참으로 다르게 쓰였다.

"우리가 친구였던 적이 정말 없었는지가 아직도 기억나지 않는군."

컴컴한 방 안. 벽에 등을 비스듬히 기댄 채 앉아 있던 사도진이 나직한 어조로 중얼거렸다.

그는 아무 조건 없이, 이유도 모른 채 동심회에서 풀려나 점창파로 돌아온 후부터 자주 같은 생각을 했다.

사도진은 그날 남궁혁의 얼굴을 잊을 수가 없었으니까.

너도 나와 같구나, 하는.

그것은 자신을 불쌍하다는 듯이 바라보던 진유청의 시선은 물론, 자신을 버리고 돌아섰던 사부의 뒷모습보다 더 강하게 사도진의 눈에 틀어박혀 빼낼 수가 없었다.

마치 이젠 인정하라는 것처럼, 나도 너와 같다는 것을.

그러니 사도진의 머릿속에 계속 맴도는 건, 남궁혁과 자신이 정말 친구가 아니었던 건지에 대한 궁금증이 아니라 그 시절 그때의 사도진 자신에 대한 기억이다.

지금의 자신을 부정하고 싶은 만큼, 자신의 과거와 현재를 가르는 선택 지점이었던 유년 시절을 되새기게 되는 건 어쩌면 당연한 일인지도 몰랐다.

남궁혁이 그랬듯이.

"그러고 보면, 혁이는 아직도 남궁세가로 돌아가지 않았다던데."

기억을 계속해서 되돌리다 보니 남궁혁의 이름이 자연스레 입에서 튀어나왔다.

사도진이 고개를 숙였다.

그와 친구였던 적이 있는지는 기억나지 않는다면서, 자신이 어땠는지도 여전히 떠올리지 못하고 있으면서.

아주 간단히 뱉어진 이름 한 자에 몸이 떨렸다.

너무 우스워서.

대체 그때 자신이 잃어버린 건 무엇일까? 혁이, 그 녀석은 또 무얼 잊었기에 그리 헤매고 방황하는 걸까.

서로의 존재를 확인하기 위한 용도로 쓰인 친구란 말은 깃털처럼 가볍게 심장에 내려앉고.

피에 젖은 채 눌어붙어 바람에 날려가지도 않고 계속 그 자리 그곳에서 껄끄럽게 사부작댄다.

지그시 눈을 내리감던 그가 동작을 멈췄다.

방문 앞에서 인기척이 느껴진다.

망설이며, 주춤거리며 몇 번을 제자리를 맴돌았다.

사도진은 밖에 서 있는 이가 누구인지 안다. 그것도 그냥 알 것 같은 게 아니라 확실히 알고 있었다.

“진아, 안에 있느냐?”

사부의 목소리가 들려왔다. 이제야 숨을 고르고 말을 걸 준비가 끝나신 모양.

되풀이되는 상황은 익숙함을 부르고, 그것은 곧 지루함을 동반했다.

멍하니 기다리고 있던 사도진은 부스스 몸을 일으켜 문을 열고 밖으로 나갔다.

“부르셨습니까?”

그는 한 치의 흐트러짐도 없이, 이전과 전혀 다르지 않은 얼굴과 목소리로 사부를 마주했다.

어떻게 그럴 수 있는 건진 자신도 알지 못한다.

요즘 예전과는 달리 모든 게 모르겠는 것투성이라 딱히

신기하지도 않았다.

"······식사는 했느냐?"

"네. 뭐 분부하실 거라도 있으십니까?"

가경학은 자신의 말에 깍듯하게 대답한 뒤 다음 말을 기다리는 제자를 물끄러미 바라봤다.

자랑스러운 제자요, 자식과 같은 제자였다.

등 뒤에 두고 돌아올 땐 피눈물이 흘렀다.

앞으로 제자 앞에 어떤 얼굴로 서야 할지, 제자에게 뭐라 변명을 해야 할지······ 괴로웠다.

이 모든 게 점창을 위해서였다고, 사도진이라면 이해할 거라 되뇌면서도 불안했다.

한데 사도진은 왜 자기를 두고 갔냐고 묻지도 않았고, 어떤 원망을 내비치지도 않았다.

그런 제자를 보면서 가경학은 차라리 속내를 비치라 말을 꺼내지도 못한다. 차마 눈뜨고 볼 수 없는 상처를 덮은 천을 꼭 걷어내고 현실을 직시해야만 하는 건 아니니까.

아픈 다리를 잘라내야만 살 수 있다고 해서, 다리를 자른다고 살아갈 힘까지 생기는 건 아닌 것처럼.

"아니다. 장문인께 가는 길에 잠시 들렀다. 쉬어라."

가경학의 말에 사도진이 고개를 숙여 보인 후 제 방으로 들어갔다.

닫힌 문 앞에 우두커니 서 있던 가경학이 어금니를 꽉 깨물고 몸을 돌렸다.

"진이에게 들렀다 오나?"

부른 것에 비해 시간이 지체돼 도착한 가경학을 향해 최석이 물었다.

최석의 처소엔 그만 있는 게 아니라 화산의 대장로 악기태와 그의 제자인 전용후를 비롯해 몇몇 장로들이 함께 있었다.

접객실로 부른 게 아닌지라 손님이 있을 거라곤 생각지 못했던 가경학이 사과했다.

"죄송합니다."

"됐으니, 앉게."

신경 쓰지 말라는 듯이 최석이 손짓하자 가경학이 그의 옆 비어 있는 자리로 갔다.

와야 할 이가 모두 왔음에도 적막함은 깨지지 않는다. 찻잔을 들어 올렸다 내려놓는 소리만 간간이 이어졌다.

더 이상 나빠질 게 없는 최악의 상황에 닥쳐 있다고 생각하면 바로, 그보다 더 심각한 일이 터져 인의회를 덮치고 있었으니 다들 할 말을 잃은 거다.

어떻게든 상황을 나아지게 하려 해도, 점점 더 진창으

로 빠져들 뿐이었다.

하나 그렇다고 해서 계속 이렇게 얼굴만 마주 본 채 찻물을 들이킬 순 없는 일.

"우리 앞엔 세 가지 문제가 있습니다. 비밀리에 손을 잡고 있던 연이상단이 흔들린다는 것과 연이상단이 역모를 꾀했음을 의심하고 증거를 찾으려는 초린대, 그리고 그런 초린대의 대장이 동심회와 연관이 있어 그들의 보호를 받고 있다는 것 말입니다."

전용후가 입을 열자 모두의 시선이 그에게 쏠렸다.

"계속해 보게."

악기태가 아닌 최석이 그의 말을 받아주었다.

전용후가 제 사부인 악기태의 눈치를 살피더니 말을 이었다.

"하지만 간단히 생각해 보면 사실 이 세 가지 문제는 하나의 궤로 통해 있습니다. 인의회의 약점을 잡고 있는 연이상단에 어떤 조치를 취하려고 하면 초린대 앞에 허점을 드러내게 될 것이고, 그러면 그들은 우리의 빈틈을 파고들기 위해 달려들면서 한편인 동심회에게 도움을 청하겠지요."

"그래서?"

전용후는 최석의 눈빛을 피하지 않고 맞받아치며 대답했다.

"그걸 그대로 바꿔보면, 동심회를 제거해 초린대를 보호하지 못하게 하고. 혼자 남은 초린대를 우리가 잡은 다음 연이상단과 협상을 하는 겁니다, 그것도 우리·인의회에 아주 유리한 방향으로."

가능할 것이다. 초린대를 죽이지 않고 인질로 잡고 있는다면, 충분히.

어쨌든 전용후가 늘어놓은 얘기의 결론이자, 최고 중심 사안은 동심회를 잡아야 한다는 거였는데…….

"매형각주는 그거야말로 가장 어려운 일이라는 생각은 못하나? 동심회네. 사천 중 최강을 자랑하는 동심회!"

가경학이 그답지 않게 인상을 일그러트리며 언성을 높였다.

전용후가 낸 의견에는 그의 말대로 된다 해도 문제의 소지가 될 부분이 너무 많았다.

한데 그런 걸 염두에 둘 필요도 없이, 애초에 실현 가능성이 없는 이야기였던 것이다!

수가 가장 많지만 결속이 어려운 중도파에 비해 동심회는 하나로 똘똘 뭉쳐 있는데다 손꼽히는 거대 문파 중 셋이 포함된 곳이었다.

게다가…… 그 소악마!

놈의 존재에 대해 그토록 말했건만 아직도 실제로 보지 않고는 믿을 수 없다는 이들이 적지 않으니.

　가경학은 무공을 익힌 자로서 느껴야 했던 처참함은 제쳐 두고라도, 다친 제자를 두고 갈 수밖에 없는 처지를 알면서도 일부러 자신을 언급해 사도진 앞에서 등을 보이는 모습을 각인시킨 놈의 사악함에 치가 떨렸다.

　화산의 장로 탁경환이 왜 진유청이란 이름, 석 자만 나오면 이성을 잃는지 가경학은 확실히 알게 된 것이다.

　"진정하게."

　최석이 눈살을 찌푸리며 가경학에게 주의를 줬다.

　가경학은 최석이 참으로 아끼고 신뢰하는 이었는데, 점점 더 못 쓰게 변해갔다.

　안타깝게도 말이다.

　"죄송합니다, 장문인."

　가경학이 마음을 가라앉히기 위해 애쓰며 눈을 지그시 감았다.

　최석은 그런 가경학에게서 아예 관심을 끊고 전용후에게 말했다.

　"내가 아는 자네라면 얘기가 거기서 다가 아닐 것 같은데 말이야. 혹시 내가 틀렸나?"

　만약 자신이 틀렸다고 한다면 최석은 전용후의 능력이 예상에 미치지 못함에 실망하고 사람을 잘못 본 저 스스로를 탓할 것이다.

　그 자신도 믿기 어려운 진유청에 관한 이야긴 접어두더

라도 동심회는 현재의 자신들로선 정면으론 상대할 수 없
는 곳이었으니까.

"안 그래도 할 이야기가 더 남아 있던 참이었습니다."

"역시, 그렇군."

최석이 흡족해하며 고갯짓을 했다. 어서 말해보란 뜻이
다.

"별건 아닙니다만, 모두들 잊고 계신 듯해 주지시켜 드
리려는 겁니다. 세 가지 문제는 우리 인의회만의 것이지
만, 동심회의 독주는 이가연합이나 중도파에게도 상당한
부담이 되고 있다는 것을 말입니다."

다른 곳과 연합하자는 건가?

최석이 눈을 빛내더니 미끼를 던져 본다.

"중도파는 몰라도, 이가연합은 우리와 사이가 상당히
나쁘지 않은가."

"그렇긴 합니다만, 그래도 아무렴 동심회만 하겠습니
까? 현재 제갈세가는 장보도를 해석하지 못하고 있는지라
여러 문파의 눈총을 받아 세가 약해졌고, 남궁세가는……
더 말해 무엇하겠습니까."

제갈세가는 당장 자신들의 실책에서 사람들의 관심을
돌릴 수 있는 큰 사건이 필요할 것이다.

게다가 남궁세가는 굳이 전용후가 언급할 필요도 없을
정도.

　첫째이자 대공자인 남궁민은 진가장의 진이현과 사이가 극히 나쁜 데다 사사건건 부딪치고 있고. 남궁혁은 진가장 둘째인 진유청과 상대해 이미 완전히 깨져 나간 터가 아닌가.

　남궁세가는 아마 무림맹의 주적인 혈사방보다 진가장을 더 원수 보듯 하고 있을 게 분명했다.

　실제로 보여지는 그들의 행보 또한 그러했고 말이다.

　"만약 그렇게 된다 해도 세 곳이 손을 잡고 동심회를 치는 동안 혈사방이 가만히 구경만 하고 있을지 모르겠군. 게다가 동심회가 없으면 무림맹 총전력에도 큰 타격을 입지 않겠나."

　최석은 계속해서 전용후의 대답을 이끌어낸다.

　그것은 자기와 비슷한 생각을 하고 있다 판단되는 전용후로 하여금 상황을 대신 이끌어 나가게 하여 발언을 주도한 화산의 책임을 무겁게 하기 위함이었다.

　"동심회를 치는 동안의 빈틈을 혈사방이 노리지 못하게 하는 건 일단 다른 두 곳과 손을 잡은 후 상의하면 될 일입니다. 머리 좋은 척 계략을 짜내는 제갈세가가 있으니 그들의 덕을 좀 본다 치면 되겠지요. 그리고 거사가 무사히 끝난 후라면 더 걱정할 게 없습니다. 생각해 보십시오. 불안한 네 개의 조각보다는 세 개가 하나로 합쳐진 덩어리가 전쟁을 치르기에 더 낫지 않겠습니까?"

　동심회가 총전력의 많은 부분을 차지한다 해도, 어차피 그게 다른 세 개의 하늘을 받쳐 줄 힘은 아니니 상관없다는 뜻이 포함돼 있었다.

"동심회를 치고 나서도 다른 두 곳과 맺은 동맹을 계속 이어 나가자는 뜻인가?"

"그보다는, 새로운 무림맹으로 맹을 개편하는 게 낫지 않을까 싶습니다."

새로운 무림맹?

최석도 거기까진 생각지 못한 듯 눈이 커졌다.

"좀 더 자세히 말해보게나."

그가 전용후를 재촉했다. 이번엔 정말 이어질 다음 말이 궁금했기 때문이다.

"무림맹은 여러 문파가 정도의 기치를 걸고 동맹을 맺어 만든 하나의 단체가 아닙니까? 우리들은 지금까지 그 안에서 자파의 이익을 걸고 서로 협력하고 견제하며 흘러 왔습니다. 그러니 동심회의 출현 이후 무림맹이 네 개로 쪼개졌을 때도 불안함은 있었으나 거부감은 없었던 것이 아닐까 싶습니다."

전용후는 찻잔을 들어 입술을 가볍게 축였다. 서둘러 말을 풀어내는 인상을 주지 않고, 받아들이는 이들의 반응을 살피며 내용의 완급을 조절할 시간을 벌기 위해서였다.

"하나 이제 우리는 무림맹이란 하나의 이름을 같이 쓰고 있는 게 얼마나 많은 일을 덮어 주었는지 알지 않습니까. 수면 아래서 행해지던 것들은 뭍으로 올라오니 한층 흉포하고 거칠었습니다. 무림 최강으로 거대하고 장엄했던 무림맹은 볼품없고 초라해졌습니다. 사천은 하나의 무림맹에 속한 네 개의 단체가 아니라…… 네 개의 무림맹이 된 겁니다."

그만큼 규모는 작아지고, 힘은 약해졌다.

무림맹이란 이름 아래 거대 문파들이 손쉽게 쥐고 흔들었던 것들에 대한 영향력이 줄어든 것이다.

예를 들자면 가장 중요한 수입원이자 노동력이었던 중소 문파들.

"인의회와 이가연합, 그리고 중도파란 이름을 버리고 다시 무림맹이란 이름 하나에 편입되자는 거군."

"그렇습니다. 어차피 동심회 때문에 야기된 일. 그들을 없앰으로서 다시 원 상태로 돌아가는 것뿐입니다."

사천으로 나뉘니 서로의 이해관계에서의 역할 또한 원활히 돌아가지 않았다.

예전이었다면, 만약 점창이 남궁세가와 잠시 합작을 한다 해도 문제되거나 어려울 게 없었지만 지금은 인의회 내의 다른 문파 눈치를 봐야 했다.

그건 다른 문파들도 마찬가지.

그렇게 패를 가르는 시간이 오래될수록 골은 더욱 심하게 파일 터였다. 사실 현재도 동심회란 공통의 적이 없었다면 절대 메워질 수 없을 만큼 깊게 사이가 벌어져 있지 않은가.

"충분히, 논의할 만한 가치가 있는 의견이군."

동심회란 먹잇감에 이어 이가연합과 중도파에 내밀기에 상당히 괜찮은 패였다.

"감사합니다."

전용후의 대답에 최석이 손사래를 쳤다. 그가 악기태 쪽으로 고개를 돌렸다.

"대장로님는 이토록 뛰어난 제자를 두었으니 얼마나 기쁘시오."

"흐음. 그렇게 보이십니까?"

"점창의 제자였다면 내 업고 다녔을 것 같소이다."

하지만 아니니까, 전용후는 경계해야 할 대상으로 최석의 머릿속에 새겨졌다.

"좋게 봐주셔서 다행입니다."

악기태는 제자를 칭찬하는 말에도 별다른 반응이 없었다. 아니, 오히려 그다지 탐탁지 않아 하는 기색이 은연중 드러난다.

"어쨌든 최대한 빨리 이가연합과 중도파를 포함해 자리를 마련할 수 있도록 해야겠소."

최석은 모르는 척 말을 돌렸다.

남의 집안싸움에 껴서 뭐하겠나. 악기태가 제자인 전용후가 입지 다지는 걸 견제해 준다면야 오히려 좋은 일이었으니까.

짜악!

"건방진 놈."

악기태는 최석의 처소에서 나와 화산의 숙소로 돌아가자마자 전용후를 불러들인 다음 뺨을 후려쳤다.

"네가 감히 점창 장문인 앞에서 내 체면을 구겨?"

자신을 너무나도 닮은 제자인 전용후는 악기태가 했던 하극상마저 똑같이 되풀이하려는 듯.

시종일관 제 사부가 아닌 점창의 장문인과 이야기를 주고받고, 그 내용 또한 사전에 악기태 자신과 협의된 바가 없는 것이었다.

"그런 게 아닙니다."

"아니긴!"

"먼저 말씀드리면 제대로 들어주실 것 같지 않아 그런 것뿐, 절대 사부님의 심기를 불편하게 해드릴 생각은 없었습니다."

"네가 감히 나를 재단(裁斷)하려 드느냐!"

"그럴 리가 있겠습니까."

전용후는 조금도 감정을 내보이지 않고 시종일관 침착하게 제 할 말을 했다.

놈의 서늘한 눈매가 악기태는 마음에 들지 않았다.

"점창 장문인이 너를 마음에 들어 하여 말을 받아주고 은근히 비위를 맞춰주었는지 아느냐?"

"아니란 것 알고 있습니다. 제 입으로 주요 안건들을 얘기하게 하여 이후 화산의 책임을 무겁게 하려는 거겠지요."

"……알고 있었던 게냐?"

"네. 알면서도 그리한 건 어차피 저는 화산을 대표할 입장이 아니고, 그분은 점창의 장문인이기 때문이었습니다."

중요한 건 그거다.

누가 이야기를 꺼냈냐가 아니라, 누구와 이야기를 나누었냐 하는 것.

악기태의 입이 딱 다물렸다.

"이야기가 합의점을 찾게 되고, 제가 말한 대로 상황이 흘러가서 동심회가 제거되면 그들이 가진 이권은 주인을 잃게 될 겁니다. 동심회엔 화산의 반쪽이 뿌리를 내리고 있으니…… 그들만 회유하게 되면 우리가 그 이권들을 선점할 수 있습니다."

물론 장문인인 소운찬과 사제인 정한수는 전용후가 언

급한 회유 대상에 포함되지 않았다.

"용후, 너……!"

악기태가 전용후를 검지로 가리킨다. 그의 손끝이 잘게 경련했다.

하나 거기서 끝이 아니었다.

점창의 최석이 기대했던 것 이상을 보여줬듯, 전용후는 제 사부인 악기태에게도 그럴 참이었다.

그러기 위해, 열심히 준비한 게 아니던가.

어린 사제가 아니더라도. 그 녀석이 없더라도 사부에게 전용후 자신은 아니라는 걸 깨닫고야만 후부터, 계속.

"돈을 얻게 되면 무력이 아쉬워지겠지요, 화산을 다시 하나로 합치려면 말입니다. 사부님께선 걱정하지 않으셔도 됩니다, 그 또한 제게 생각이 있으니까요."

전용후는 악기태의 눈동자를 직시하며 말을 이었다. 한 자 한 자 또박또박.

지금껏 사부 앞에 순종하고 사부에게 인정받고 싶어 안간힘을 쓰던 제자가 사실은 그의 예상보다 훨씬 잘나고 독한 놈이었다는 걸 알려주려는 것처럼.

"그때는 무너져 가는 연이상단에 손을 대는 게 어떨까 합니다. 그들은 인의회 세 문파의 무인들을 골고루 대려가 제 힘을 키우는 데 썼고 이제 그들이 가르친 무사들이 자리를 잡았을 테니…… 연이상단의 무력을 흡수하게 되면 화산은 이전보다 더욱 강력한 문파가 될 수 있을 겁니다.”

동심회를 치는 건 다 같이. 연이상단을 치는 건 관련이 있는 인의회가 손을 잡고.

모두 화산을 하나로 만들기 위해 전용후가 짠 덫이다.

“그들이 어떤 이들인데 네가 생각한 거 하나를 못 떠올리고 두 눈 시퍼렇게 뜬 채 먹잇감을 빼앗길까!”

악기태가 저를 너무나 닮아 불길하기까지 했던 대제자에게 독기를 뿜으며 외쳤다.

저 녀석이 더는 속내를 감추지 않고 내보이는 걸 보니 근래 자신을 찾는 장로의 수가 줄어든 까닭이 유추됐다.

“그렇죠. 당연합니다. 그러니 두고 보십시오. 사부님의 제자가 어떻게 원하는 걸 얻는지를.”

위기를 기회로 바꾸려 들면서, 그게 쉬울 거란 생각은 하지도 않았다.

실패하면 모두 끝장이란 각오를 이미 심장에 칼로 새긴 참이다.

뜻하지 않은 돌멩이 하나가 툭 튀어 올라와 모든 계획을 엉망으로 만들 수도 있고, 뭐 하나 뜻대로 되지 않아 속이 타 갈증으로 목을 쥔 채 피를 토하며 쓰러질 수도 있지만……．

　전용후는 이렇게 하지 않을 수 없었다.

　사부가 그렇게 만들었고, 어린 사제가 그의 등을 떠밀었다.

　실수는 대사형이 하셨습니다.

　더 이상은 어리지 않다는 듯이 저를 똑바로 바라보며 사제가 했던 말이 아직도 귀에 쟁쟁 울려 퍼진다.

　특히나 진유청이란 놈이 어떤 무공을 가졌는지에 대해 들은 이후론 더욱 크게.

　그래, 인정하마. 내가 그놈을 알아볼 만한 눈이 없었다는 걸.

　그러니 한수, 내 어린 사제. 내가 했던 말도 그 머릿속에 똑똑히 새겨두려무나.

　너와 나는 적이라는 것.

　너를 덮고 있는 그늘이 하늘 아래 단 한 그루의 나무일지라도, 나는 그것을 찍어 넘길 참이니.

　기대해도 좋아.

　전용후의 서늘하고 긴 눈매에 살기가 감돌았다.

第三章

미서(謎書)!

“여러분 생각은 어떻소이까?”

대놓고 타도 동심회를 외친 건 아니지만 현 무림맹의 상황을 하나하나 짚어낸 뒤 새로운 무림맹을 만들자는 취지를 넌지시 밝히고, 충분히 내용을 유추할 수 있게 돌려 말했다.

그리고 마지막으로 최석은 이 모든 일을 제안하고 발언한 이가 바로 전용후라는 사실을 덧붙인다.

“시세를 읽을 줄 아는 훌륭한 제자가 있으니, 화산파의 앞으로가 참으로 기대되더구려.”

“매향각주가 뛰어나다는 건 익히 들어 알고 있었지만…….”

이토록 위험한 이라는 건 처음 알았다.

화산 대장로 악기태의 수족 같이 구는 충실한 제자이자, 진중하여 언행에 무게가 있는 이 정도로만 알았던 전용후의 새로운 면모에 이목이 집중됐다.

최석이 바라던 바였다, 하지만.

"모자란 생각을 채워 많은 분을 한 곳에 모일 수 있게 한 분은 장문인 아니십니까. 저는 그저 운을 뗐을 뿐, 실상 한 게 없는데도 불구하고 잊지 않고 낯을 세워주시는 점창 장문인의 넓은 마음에 감탄할 뿐입니다."

전용후는 저를 향한 관심을 담담히 받아들이면서도 모든 공을 최석에게로 돌렸다.

좋은 의견을 내서 사람들에게 제 능력을 알릴 수 있는 기회는 지금이 아니라도 많다.

하나 적도 아닌 같은 무림맹 소속, 그것도 사천 중 최강이라는 동심회를 목표로 겨냥한 이야기라면 잘난 척 앞장서기 보다는 뒤로 물러나 있는 게 현명한 선택.

남을 물어뜯는 데 괜찮은 제안을 해봤자, 언젠가 내 뒤통수를 칠지도 모를 놈이라는 인식밖에 더 주겠나.

나서길 즐겨 하거나, 이런 것도 저를 알릴 기회라 여기는 이들도 없지는 않겠지만…… 적어도 최석이나 전용후는 거기에 포함되지 않았다.

만약 이번 일도 인의회나 자신들에게 더 급박한 문제가

아니었다면 다른 문파에게 미끼를 던져 주고 그쪽이 먼저 물게 했을 것이다.

"하하, 화산의 매향각주는 이렇게 겸손하기까지 하오."

일전 인의회 내에서 의견 교환을 했을 땐 가만히 자신의 말을 듣고 있더니만……!

최석은 전용후를 한 번 쏘아본 뒤 다른 이들에겐 티내지 않고 웃음으로 이야기를 마무리했다.

둘 사이에 흐르는 기운을 읽은 제갈건은 인의회 내부의 흐름을 유추해 보고 있었다.

"어찌 생각하십니까?"

여태껏 침묵한 채 혼자만의 생각에 잠겨 있던 남궁민이 제갈건에게 의사를 물었다.

제갈건이 두 사람에게서 시선을 돌려, 남궁민을 향했다.

"고민하지 않고 받아들일 만큼 괜찮은 제안임에도 심사숙고하고 따로 내 의견을 묻기까지 하는 걸 보니, 자네가 진가장의 일에 필요 이상으로 집착한다는 걸 알긴 아는 모양이네."

"……사안이 중대한 만큼 신중하려 할 뿐입니다."

남궁민은 긍정하지도 부정하지도 않았다.

"그렇긴 하네. 그래야 할 만큼 큰일이지. 벌어진 골이 메워지기 어려울 만큼 완전히 찢어진 우리들을 왜 부르나

했더니만……."

특히나 장보도 출현 이후, 무림보고에서 남궁민이 한 행동과 더불어 제갈세가가 장보도 해석을 전적으로 맡은 일로 인해 이런저런 말이 많았고 이가연합은 타 문파에서 주는 상당한 압박과 시비를 참아내야 했다.

그래 놓고 이득이 될 일이 생기니 또 삐죽 손을 내미는 저 얄량한 것들.

하지만 저들의 말이 맞긴 했다.

동심회는 없어져야 한다. 그들은 무림맹을 좀 먹는 벌레로, 저들과는 비교도 안 될 만큼 위험했다.

제갈건이 눈을 가늘게 떴다.

그때, 최석이 직접적으로 제갈건을 가리켰다.

"머리 쓰는 일이라면 역시 제갈세가를 따를 곳이 없을 테니, 우리 모두를 위한 조언 하나만 해주려오?"

제갈건은 빼지 않았다. 모두 저만 바라보는 데 움찔거리며 한, 두 발 물러나 봤자 소용 있겠나?

보기에 추해질 뿐.

"그러니까 인의회에서 동심회가 학관의 기강을 해치고 황궁을 끌어들여 관과 무림의 경계를 흐트러트린 것이 심히 불쾌하고 무림맹의 안위에 문제를 일으키고 있다고 하신 발언 말씀에 관해서 말입니까?"

그래서 제갈건은 고대로 돌려줬다.

최석과 전용후가 머릴 써서 서로를 갉아먹으려 하지만, 그래 봤자 너희는 뭉뚱그려 한 덩이란 걸 자각하게 해준 거다.

그러면서도 정작 저는 가장 중요한 부분은 입에 담지도 않고 테두리만 빙 둘러갔다.

"……제갈세가는 그렇게 생각지 않는 모양이구려?"

전용후가 언급한 적이 있듯, 제갈세가의 현재 입지는 딱히 좋지 못한 편이었다.

한데 왜 저렇게 여유가 있을까?

당장 자기들의 실책에서 다른 쪽으로 관심을 돌릴 만한 큰 게 필요할 때여야 할 텐데…….

"우리도 그 사실에 대해선 동의하고 있습니다만, 그것을 실행에 옮기는 데엔 많은 어려움이 있지 않겠습니까?"

진행부터 실행까지 완벽하게 아귀가 들어맞아야만 성공할 수 있는 고난이도의 문제다.

과연 성공할 수 있을까 싶을 정도로.

침묵한 채 고개만 끄덕이는 이들이 늘어난다. 이대로 기세가 꺾이면 곤란했다.

특히나 이번 일에 제 모든 걸 걸고 있는 전용후로서는, 더욱.

"이곳에 계신 분들부터 뜻을 한데 모으고 성의를 보이면 같은 뜻을 갖고 있는 이들이 자연스레 따라오게 될 겁니다. 모두가 하나가 된다면 아무리 동심회라 해도, 어찌 우리의 상대가 될 수 있겠습니까.”

잔뜩 무게가 실린 전용후의 목소리가 사람들의 귀에 파고들었다.

현재 이곳에 모여 있는 이들은 인의회와 이가연합 그리고 중도파 중 서너 곳의 핵심인물들이었다.

중도파는 각양각색의 문파가 모인 곳이라 인의회에서 고르고 골라 확실히 동심회를 적대시하는 곳만 초대했다.

그만큼 밖으로 새어 나가선 안 될 이야기이고, 파장을 예상할 수 없는 일.

그렇기에 속으로 뜨겁게 동조하면서도 최대한 몸을 사리는 건 어쩔 수 없는 일이지만 계속 그랬다간 때를 놓치고 적기를 잃게 된다.

“잘 생각해 보십시오. 그리 멀지 않을 겁니다. 오 년 후? 아니면 삼 년, 어쩌면 이 년 후가 될지도 모릅니다. 동심회가 곧, 무림맹을 가리키는 이름이 될 날이!”

쿠웅!

사람들은 머릿속에 커다란 돌덩이 하나가 떨어진 것 같은 충격을 느꼈다.

자기들 또한 불안해하면서도 설마하며 묻어두었던 부분이 누군가의 입을 통해 말로서 구체화되자 당장 눈앞에 닥친 일처럼 현실감이 느껴진 탓이다.

제갈건의 전용후를 바라보는 눈빛이 좀 전과는 또 달라졌다.

오늘 그는 제갈건에게서 두 번이나 새롭게 평가받은 것이다.

"천하에 인물은 사위인 자네 하나밖에 없는 줄 알았는데, 난세가 도래함인가. 빼어난 인재들이 사방에서 고개를 들고 주위를 밝히는군."

자존심 세기론 천하에 둘째가라면 서러울 이가 남궁민이다.

그렇게 살아왔고 앞으로도 그렇게 살아갈 이.

입을 다문 제갈건이 곁눈질로 남궁민의 표정 변화를 살핀다.

"하나 그들 중 남궁세가의 대공자는 저 하나뿐이고, 처가로 제갈세가를 등에 두고 있는 이 또한 저 하나뿐이지 않습니까?"

건조한 목소리에 아무 감정도 깃들어 있지 않은 얼굴로, 남궁민이 확인하듯 되물었다.

누가 들었다면 남궁민을 저가 가진 배경이나 내세우는 별 볼일 없는 이로 판단하게 하기에 충분했겠지만, 제갈건은 오히려 만족한 듯 고개를 끄덕거렸다.

"그렇지. 그러니 잊지 말게나, 자네는 그들과 다르다는 걸. 자네는 난세에 나오는 영웅이 아니라, 그 영웅을 손에 쥐고 흔들어야 할 주인(主人)이 돼야 한다는 걸!”

난세에서 태어난 영웅(英雄)은 거세게 날뛴다. 그 뜨거움에 취해 사람들이 붙고 그 열기에 탄 사람들이 떠났다.

그래서 무언가를 가꾸고 지킬 만큼 안정되지 못한다.

그나마 뒷받침해 줄 확실한 세력이 없거나, 어중간하게 떠받들어져 타지도 내리지도 못하게 된 영웅은 결국 범인보다 못한 처참한 운명을 맞이하게 되는 게 대부분.

제갈건은 영웅(英雄)과 주인(主人)의 그릇은 같을 수가 없다고 생각했다.

한데 이상했다.

그런 제갈건의 가슴 한구석에 싸하게 스미는 한기.

무구한 역사 속에서도 극히 드물게 한 번씩. 영웅이 주인의 자리를 차지할 때가 있긴 했다.

하늘이 내렸다고밖에 할 수 없을 운과 때. 그리고 자기 자신의 선택이 어우러져 만들어지고 다듬어진 길을 걷는 영웅은 역사에 새겨질 거대한 족적을 남겼다.

영웅이 주인의 그릇에 담겨 이 세상을 발칵 뒤집어 놓는 것이다.

자신은 설마, 진이현이란 놈이 그런 예외의 수를 품고 있을지도 모른다고 생각하는가?

동심회의 힘이, 그의 주위를 둘러싼 사람들이, 그리고 그 자신의 선택이 등을 받치고 길을 만들어 주어…….

난세의 영웅이 천하의 주인(主人)을 노릴 수 있는 기회를 마련해 줄까 봐서!

영웅이 주인이 된 천하라.

그 뜨거움에 세상이 몸살을 앓게 되리!

그런 일은 일어나선 안 됐다. 아니, 일어날 수 없었다.

무림맹의 주류에 편승할 수 없는 성향의 동심회와 무정(無情)하지 못한 진이현으로선 기적이라도 일어나지 않으면 모를까, 절대!

그리고 기적이란 것은, 일어나지 않는 게 정상이라 기적이라 불리는 게 아니겠나.

그러니 아니다. 아직은 괜찮다.

평생 수를 읽고 앞을 계산하며 살아온 제갈세가의 차기 가주로서, 제갈건은 제 안목과 판단을 믿었다.

"왜 그러십니까?"

갑자기 제갈건이 어금니를 으득 깨물며 얼굴을 굳히자 남궁민이 의아한 듯 그를 바라본다.

"아무것도 아니네."

제갈건이 낯빛을 풀고 흥분된 호흡을 가라앉혔다.

회의가 끝난 후, 제갈세가의 숙소로 돌아가는 제갈건의 낯빛은 그리 밝지 않았다.

"어디 다녀오시는 길이십니까?"

마침 제갈세가의 숙소에서 나서던 제갈미미가 제갈건을 보고 공손히 인사를 했다.

"잠시 일이 있어 나갔다 왔다. 너는 무슨 일로 다녀가는 길이더냐?"

"할아버님께 문안 인사를 드리러 왔다가, 바쁘시다 하여 그냥 돌아가려던 참입니다."

제갈미미의 말에 제갈건이 고개를 끄덕였다.

"한동안은 이쪽으론 발걸음하지 않는 게 나을 것이다. 장보도의 비밀을 푸는데 심력을 크게 소모하셔서 신경이 날카로우시니까."

"빨리 해독의 실마리가 나와야 할 텐데……."

제갈미미가 작게 한숨을 내쉬더니만 제갈건을 향해 조심스레 입을 열었다.

"제가 한 번 더 장보도를 봐도 되겠습니까?"

"네가?"

장보도 해석이 완전히 미궁에 빠져 헤어 나올 길을 찾지 못했을 때, 제갈인창과 제갈건은 세가의 총명한 인재들을 불러들였다.

자신들과 다른 각도에서 문제를 바라볼 젊고 신선한 사고가 필요했기 때문이다.

남궁세가에 있던 제갈미미는 그런 인재 중에서도 특출한 아이였기에 일부러 청을 넣어 데려온 것이고.

물론 별다른 소용은 없었지만 말이다.

"네. 처음엔 너무 조급해 제대로 집중하지 못한 것 같습니다. 이제 여독도 풀렸고, 마음도 가라앉았으니 천천히 살펴보면 좋은 수가 떠오르지 않을까 하여……."

"아니다."

제갈건의 단호한 대답에 제갈미미가 놀라 고개를 번쩍 들었다. 그녀가 뭐라 말을 하려 하지만 당황해 제대로 이어지지가 않았다.

"저……."

"네 성의는 고맙지만, 그분이 먼저 말씀을 꺼내시기 전까진 그냥 있는 게 좋겠구나."

제갈건이 그녀의 말을 자른 뒤, 바로 매듭을 지어 버린다.

"알겠습니다."

제갈미미는 더 이상 이야기해 봤자 소용없다는 걸 느끼고 깨끗이 수긍했다.

자신은 이미 실패한 전적이 있어 능력에 대한 신뢰를 잃었다. 그런 상황에 아직도 장보도 해석의 실마리를 잡지 못해 심기가 편치 않을 할아버지께 자신이 해보겠다고 나섰다간 딱히 좋은 소린 듣지 못할 수도 있다는 데에 생각이 미쳤다.

"그럼 이만 가보아라. 남궁 대공자도 처소로 돌아갔을

테니.”

“나중에 뵙겠습니다.”

제갈미미가 머리를 가볍게 숙여 보인 뒤, 사뿐한 걸음으로 제갈세가에서 멀어졌다.

잠시 그녀의 뒷모습을 응시한 제갈건이 안으로 들어갔다.

“저 왔습니다.”

제갈건이 인기척을 낸 뒤, 문 앞에서 몸을 비켜났다.

혹시나 제갈인창이 집중하고 있을 때 흐름을 깨게 될까 봐 두 번 묻지도 않고 대답이 돌아올 때까지 최대한 조용히 기다리는 거다.

“들어오너라.”

허락이 떨어진 후에야 제갈건이 조심스레 방문에 손을 댔다.

“미미를 좀 단속하여라. 혼인도 한 아이가 자꾸 친정에 들락거려서야 좋은 소리가 나오지 않지 않겠느냐.”

그가 방 안으로 들어서자마자 들려오는 꾸중.

“안 그래도 들어오는 길에 마주쳐 이야기를 나누었으니, 염려 마십시오.”

제갈건이 바로 대답했다.

“잘했다. 다녀온 일은 어찌 됐느냐?”

　제갈인창이 탁자 위에 펼쳐져 있는 책과 차곡차곡 겹쳐져 있는 여러 장의 종이에서 시선도 떼지 않고 물었다.

　"동심회를 제거하고 새로운 무림맹을 세우자는 요지의 이야기였습니다."

　"속내가 시커먼 점창 장문인이 마련한 자리이니, 들은 대로만 받아들여선 안 된다."

　"알고 있습니다. 아, 그리고 이 일은 점창 장문인보다 화산의 매향각주의 주도로 이루어진 것 같았습니다."

　"악기태의 제자인 전용후 말이더냐?"

　제갈인창은 처음으로 고개를 들어 제갈건을 올려다봤다.

　"네. 주도적으로 뭔가 하는 걸 좋아하지 않는 점창 장문인에 지금껏 침묵하고 있던 전용후가 나선 걸 보면……동심회의 성장이 위협적이라는 걸 제외하고도 이런 파격적인 제안을 해야 할 만큼, 아니면 꼭 동심회가 사라져야 할 만한 문제가 인의회 내부에 있는 것 같습니다."

　그러니 서로에게 책임을 미루는 눈치임에도 불구하고 어떻게든 사람들을 선동하려 드는 걸 테지.

　"어쨌거나 그들의 제안이 상당히 매력적이라는 건 분명하구나."

　동심회를 눈엣가시로 여기는 이들은 무림맹 도처에 깔려 있었다.

"다른 문파들 뿐만이 아니라, 총관부와 진수당에서도 동심회주가 제멋대로 책임자 자리에 앉아 전권을 휘두르는 걸 못마땅해 하는 이들이 많습니다."

따지고 보면 당연한 일이다.

원래 총관부와 진수당, 그리고 무림맹 내부의 일에 관여했던 무림문파 소속 인물들과 선이 닿아 있던 이들은 이러다 동심회가 자기들의 상관을 밀어내고 그 자리를 차지할까 봐 노심초사하고 있었다.

급한 상황이라곤 해도, 진호철과 진이현 두 부자가 조금은 과격하게 일을 처리해 나가는 것에 불만이 쌓인 데다. 그동안 윗선에 잘 보이기 위해 처바른 게 얼마이고, 목이 부러져라 고개를 조아린 시간이 아까웠을 테니까.

"쯧, 쯧."

제갈인창이 혀를 찼다.

제갈건이 암묵적으로 인정받던 군사직에서 물러난 건, 말 그대로 그게 문서화되지 못한 자리였기 때문이다.

그런데도 불구하고 위치가 위치이니 만큼 타 문파의 견제도 컸고.

그러다 무림맹이 네 개로 갈라지니, 제갈건으로선 제갈세가의 일마저 돌보지 않고 공적인 역할을 수행하느라 희생할 이유가 전혀 없었다.

그가 빠지면 무림맹의 업무가 원활히 돌아가지 못할 테

지만, 그게 사실 제갈건이나 제갈세가와 무슨 상관이란 말인가?

각 문파들은 서로를 견제하면서도 맹의 실무를 맡는 곳에 제각각 박아둔 이들이 적지 않았으니, 상황을 파악하고 실감하게 되면 결국 다시 제갈건을 찾게 될 것이다.

자기들 머리로는 해결할 수 없는 것들이 너무 많아, 이대로 무림맹이 휘청거리다 주저앉지 않게 하려면 제갈건이 꼭 필요할 테니까.

아쉬운 쪽은 그들이란 말이다.

그때가 돼서 어쩔 수 없다는 듯이, 제갈건에게 맹을 위해 다시 한 번 일해 달라 하면 제갈건은 코웃음을 치며 정식으로 군사 자리를 준다면 생각해 보겠노라 말할 참이었다.

한데, 이 무식한 인의회와 중도파 놈들은 제갈건이 하니까 자기들도 해도 되는 줄 알았는지 한꺼번에 맹의 실무에서 발을 빼 버렸다.

높디높은 자리에 있던 제갈건도 호쾌히 그만뒀는데 자기들이 엉덩이를 붙이고 있으면 체면이 살지 않는다고 여긴 건지, 아니면……

우습지도 않게, 제갈건 자신과 같은 생각을 하고 배짱을 부린 건지도.

능력도 없는 주제에, 자기들이 없으면 무림맹이 돌아가

지 않는다고 여기는 이들이 솔직히 한, 둘이겠는가.

어쨌든 그 덕에 무림맹 내부는 무주공산이 됐다.

문파에 소속되지 않고 무림맹 자체에 속해 있는 당주와 행정관들만 덜렁 남아 서로 눈치를 보게 된 것.

거대 문파 출신 인물 중 누구 하나라도 남아 있었어야, 상황이 이러니 사천으로 쪼개져 있는 상황이라도 무림맹이란 그늘을 유지하기 위해 다시 한 번 힘써 달라 다른 문파를 불러들이고 끌어들일 낯이 섰을 텐데…….

그럴 수가 없어졌다.

그렇다고 저가 먼저 차 버리고 나간 자리에 불러주는 이도 없는데 슬그머니 엉덩이를 붙이는 짓만은 차마 할 수 없고.

대의를 위해 체면 따위 잠시 접어두겠다고 외치는 이가 없진 않지만, 이럴 땐 처음에 나선 이가 모든 비난의 화살을 맞고 나머지는 조용히 뒤를 따를 뿐이란 걸 누가 모르나.

조금만 더 참으면 타 문파에서 희생양을 내보낼지도 모른다고 여긴 이들은 서로 눈치를 보며 기다리길, 계속.

그 와중에 동심회주가 넙죽 그 자리를 차지하고 앉았다.

자연, 밀고 당기기에 한창이던 타 문파 인물들은 입을 쩍 벌린 채로 기 막혀 할 수밖에.

"출신이 미천하니, 낯짝이 두꺼운 건 어쩔 수 없는 모양입니다."

제갈건이 진가장의 두 부자를 깎아내렸다.

"그런 놈들을 겁내, 다 같이 손을 잡고 없애 버리자고 하는 게 바로 지금의 무림맹과 우리의 현실이다."

제갈인창이 미간을 찌푸리며 주의를 줬다. 제갈건이 틀린 말을 한 건 아니지만 그가 뱉은 어조에 깃든 경시감을 느낀 탓이다.

동심회는 아무리 주의를 기울여도 부족했다.

타 문파와 계속해서 문제를 일으키고, 끝내는 그걸 자기들에게 유리한 쪽으로 해결해 나가니까.

"죄송합니다. 제가 말을 가벼이 했습니다."

"됐으니, 이리 와 앉아라."

제갈인창이 그를 탁자 앞으로 불렀다.

제갈건이 조심스런 걸음으로 다가가 그의 앞에 무릎을 꿇고 앉았다.

"진척이 있으십니까?"

얼마 전에 여덟 번째의 서찰을 받았다.

한 장의 서찰마다 비밀이 숨겨져 있는 책의 수수께끼 하나씩을 풀 수 있게 돼 있었는데.

대체 누가 보냈는지. 무슨 목적인지 알 수 없어 제갈인창과 제갈건은 단서를 손에 쥐었다며 마냥 기뻐할 수가 없었다.

서찰을 전해오는 이의 뒤를 밟아도, 표국을 뒤져도 소용이 없었다.

제갈세가에 전해달라는 설명이 쓰인 종이와 함께 놓인 서찰 한 통, 그리고 넉넉한 사례비. 그게 전부였다.

쥐도 새도 모르게 왔다가 사라지는 이의 그림자도 볼 수 없었다.

"방금 여덟 번째 수수께끼를 풀었다."

제갈인창은 단서가 없었다면 장보도에 담긴 수수께끼를 절대 풀 수 없었을 거라 생각한다.

각각 그림과 글자, 시 한 구절 혹은 그 모든 것으로 뒤엉켜 있는 수수께끼들은 기묘하며, 기괴하고 푸는 형식이 달랐다.

같은 건 단 하나.

수수께끼 한 가지를 풀면, 하나의 글자가 나온다는 것.

제갈인창이 잘 접어 옆에 놓아두었던 종이를 집어 제갈건에게 내밀었다.

제갈건이 부스럭거리며 흰 종이를 펼쳐 들고 그 안에 쓰인 글자를 읽는다.

"황택 올국 삼목차홀(黃宅 兀國 三木次笏)?"

대체 이게 무슨 뜻이냐는 듯이 제갈건이 눈을 깜빡였다.

어려운 문제를 풀었더니 또다시 새로운 문제가 머리를 아프게 했다. 그것도 이건 장보도의 전반부 반 권의 해석일 뿐이지 않은가.

아직도 반 권이 더 남아 있었다.

말하자면, 서찰을 더 받아야만 완벽한 풀이가 가능하다는 것!

제갈건이 미간을 찌푸리며 종이를 노려봤다.

그때.

"봐라, 보일 것이다."

제갈인창의 입에서 흘러나온 말에 놀란 제갈건의 손에 힘이 들어가 글자가 쓰여 있는 종이를 찢을 뻔했다.

"아, 아버님!"

호, 혹시?

제갈건의 목소리가 떨렸다.

"장보도의 수수께끼가 너무 어려웠다고 하여, 거기서 나온 글자들까지 풀기 힘들 거라 속단하고 직시하지 않으니 답이 안 보이는 게다."

평소의 제갈건이었다면 문제를 마주했을 때 그것의 답을 구하기 위해 달려들지, 지레 겁먹고 피하지 않았을 거다.

그러니 그만큼 제갈건이 장보도에 관해 자신을 잃고 있었다는 뜻이 됐다.

"글자를 잘 보아라. 나도 처음엔 해석에 애를 먹었지만, 차근차근 살펴보니 답이 나오더구나."

제갈건의 눈이 다시 한 번 글자를 훑었다.

황택 올국 삼목차흘(黃宅 兀國 三木次笏)이라.

누런 집이라. 그 뒤에 오는 건 나라를 우뚝 세운다는 뜻인가? 대체 이게…….

제갈건의 머릿속에 온갖 글자가 뒤엉켰다 지나가고 깨지고 섞이기를……?

아아, 그랬다.

시선을 든 제갈건이 제갈인창에게 말했다.

"파자군요."

"기본은 그렇다."

제갈인창은 그가 맞았음을 확인시켜 준다.

이제 제갈건에게 여유를 충분히 준다면 답을 풀 수 있을 걸 알았기에 제갈인창은 더 이상 시간을 끌지 않았다.

"황택(黃宅)은 그 자체로는 누런 집이란 뜻이 있지만 그걸로는 풀이할 수 있는 게 없지. 그래서 그것을 풀이할 수 있는 글자가 되게 한 자씩, 그리고 두 자를 같이 수십 개로 쪼갰다 붙여보았다. 다음에는 음은 같지만 뜻은 다른 글자들을 조합해 봤지."

말이 안 되는 걸 말이 되게 만드는 게 바로 수수께끼 아니겠나?

“그렇다는 건…….”

제갈건이 황택이란 두 글자에 집중했다.

황택이란 두 글자로 만들어낼 수 있는 온갖 수를 다 떠올려 본다.

이제야 원래의 제갈건 같다.

제갈인창은 종이 한 장을 꺼내 들어 탁자 위에 펼쳐 놓은 뒤 붓을 들었다. 그리곤 미리 갈아둔 먹물을 담뿍 묻힌 뒤 종이 위에 글자를 써 내려가며 설명했다.

“황택(黃宅)에서, 집 택(宅) 자를 같은 뜻을 가진 집 엄(广) 자로 바꿀 경우, 합자를 하면 넓을 광(廣)이 된다.”

黃广 — 廣

붓은 흰 종이 위를 거침없이 움직였다.

“그렇다면 올국 또한 같은 방식으로 풀이하면…….”

제갈건의 중얼거림에 제갈인창이 그에게 붓을 넘겨줬다. 공손히 붓을 넘겨받은 제갈건이 가주가 쓴 글자 아래에 저가 한 풀이를 썼다.

兀口 — 西

“맞습니까?”

“맞다, 하하하!”

제갈인창이 그답지 않게 대소를 터트렸다.

이런 것이야말로, 척박한 무림에선 오직 제갈세가에서

만 나눌 수 있는 흥취이자 보람 아니겠나.

"올국(兀國)에서 국(國) 자를 같은 뜻과 의미를 가진 국(口) 자로 바꾼 뒤 합자를 하니 서(西) 자가 나왔습니다. 그러니…… 글자 풀이 수수께끼의 첫 답은 바로……."

"그래. 광서(廣西)다!"

하나를 풀었으니, 이제 다음이 남았다.

"삼목차홀(三木次笏)을 풀 차례군요."

"그것은 파자와 함께 다른 수수께끼가 하나 더 들어 있더구나."

"그렇습니까?"

"세 그루 나무(三木)와 버금가는 차(次) 자와 홀 홀(笏) 자 중 앞에 것은 어찌해도 말이 맞지 않아 일단 두고, 뒤의 글자부터 만들어보았다. 홀 홀(笏) 자를 같은 뜻을 가진 홀 규(圭) 자로 바꾼 거지."

종이 위에 다섯 글자가 쓰였다.

木木木 次圭

"버금가는 차(次) 자엔 두 번째란 뜻도 들어 있지 않습니까? 그렇다면……."

제갈건이 중얼거리는 소리를 들은 제갈인창이 붓을 벼루 위에 걸쳐 내려놓고 그에게 권했다.

제갈건이 붓을 들었다.

"두 번째 나무 목(木) 자와 홀 규(圭) 자를 합하니……."

木圭 — 桂

"계수나무 계(桂) 자로구나."

제갈인창은 답을 알고 있으면서도 제갈건의 풀이를 받아주며 맞장구를 쳐 주었다.

이 또한 평소완 사뭇 다른 행동이었으나 제갈인창도 제갈건도 자각하거나 지적하지 않는다.

木桂木

제갈건은 두 번째 나무 목(木) 자 자리에 그 글자가 포함돼 있는 계수나무 계(桂) 자를 대신 넣어 보았다.

"목계목(木桂木)이라……."

아직 말이 되지 않는다. 뭔가 한 가지 풀이가 더 있어야 하는 듯.

"네 눈을 믿어라."

제갈인창은 아비로서, 그리고 가주로서 말했다.

"그럼……."

잠시 망설이던 제갈건이 입안의 혀를 놀려 침을 내 바짝 마른 속을 적셨다.

그리고 다시 글자를 쓴다.

木圭木木

이번엔 홀 규(圭) 자를 나무 목(木) 자 사이, 두 번째 자리에 놓는다.

제갈인창의 고집스러운 눈매가 누그러져 부드럽게 펴졌다.

“목규목목(木圭木木)이라. 이제 보이느냐?”

“네! 보입니다!”

목소리에 잔뜩 힘이 들어간 제갈건이 저가 본 것을 확인받으려 한다.

木圭 ― 桂

木木 ― 林

앞의 두 글자는, 계수나무 계(桂) 자가 됐고, 뒤의 두 글자는…… 바로 수풀 림(林) 자!

계림이었다!

“광서의 계림부라. 뒤의 반 권을 더 풀이하게 되면…… 아마 더욱 정확한 위치가 나오겠지.”

만약, 장보도를 해석할 수 있게 도와주는 단서가 계속 오기만 한다면 말이다.

“진짜 보물이 묻힌 곳이라면, 이렇게 도움을 줄 리가 있겠습니까?”

정체불명의 서찰을 보내는 이가 바보라고 해도 말이 안 됐다. 진짜 바보라면, 단서를 통째로 들고 나타나지 그렇게 은밀하게 보낼 리가 없지 않나.

그것도 제갈세가 사람들에게만 모습을 감춘 게 아니라, 무림맹의 누구도 제갈세가가 낯선 그림자에게 도움을 받고 있다는 걸 모를 수 있게 하는 배려까지 더해서!

이건…… 음모가 분명했다.

하지만.

"이제 와 이 장보도가 가짜라고 거짓말을 할 수도 없는 노릇이요, 우리가 해석을 하지 못했다고 밝힐 수도 없는 노릇이 아니더냐."

가뜩이나 궁지에 몰려 있는 제갈세가로선 그런 위험을 감수할 수가 없었다.

게다가 그보다 더 큰 문제는…… 둘 중 어느 경우든 제갈세가로 서찰을 보낸 이가 장보도의 해석을 돕는 만큼 그게 세상에 알려지길 바라고 있다면…….

제갈세가의 결정을 반기지 않을 게 당연했다.

그렇다면 그가 제갈세가로 단서를 보내준 사실이나 아니면 장보도가 진짜일지도 모른다는 증거를 맹의 타 문파에 흘릴 가능성도 염두에 둬야 했다.

전자라면 제갈세가는 외부 세력과 결탁한 배신자가 될 터이고 후자라면 장보도를 혼자 차지하기 위해 거짓말을 한 죄로 궁지에 처할 터.

두 가지 경우 모두 최악이다.

그러니 제갈세가로선…… 방도가 없었다.

이 위기를 피하고, 고난을 극복할 무언가가 없을……?

제갈인창의 머릿속에 번뜩 무언가가 스치고 지나갔다.

"무슨 좋은 수라도 떠오르셨습니까?"

제갈건이 그의 눈치를 살핀다.

"작금 우리의 상황이 참으로 애매하지 않느냐?"

"그렇습니다."

장보도의 해석에 집중하면서도 서찰을 보낸 이가 노리는 바를 파악해야 하고, 인의회가 던진 먹잇감을 덥석 물수도 뱉을 수도 없으니.

진퇴양난(進退兩難). 그것이 제갈세가의 현 위치였다.

"그러니 이렇게 해보는 건 어떨까 싶구나."

단 둘밖에 없는 방 안에. 밖은 제갈세가의 무사들로 꽁꽁 에워싸 물 샐 틈 없이 방비되고 있음에도 제갈인창은 한층 더 목소리를 낮춰 소곤거렸다.

그의 말이 이어질수록 제갈건의 눈꼬리가 잘게 떨리기 시작했다.

"……확실히 가주님의 말씀대로 한번에 많은 걸 얻을 수 있는 방법이긴 하지만……."

주저하는 것은 제갈세가의 이름에 흠이 될까 봐서다.

"얻는 게 있으면, 잃는 것도 있는 게 당연하다. 세가의 존망이 걸린 문제이니 만큼 잠시만 오명을 감수하는 수밖에 없을 듯하구나."

모든 일이 해결되고 나면, 어떻게든 실추된 위상을 복구해 찬란한 제갈세가의 이름을 다시 한 번 천하에 떨치리.

절대 세가의 이름에 누가 될 일이 있어선 안 된다 여겼던 제갈인창은 현실과 타협했다.

그 또한 멀리 봤을 때 세가를 위하는 더욱 나은 길이라 여겼기에 어쩔 수 없었다.

"그리 알고 처리하겠습니다."

제갈건도 결국 가주의 뜻에 따른다. 그는 가주의 뜻을 확실히 느낄 수 있었다.

"나는 서찰을 기다리며 앞으로도 장보도 해석에 매달려야 하니, 그 외의 일은 네가 잘 알아서 처리하도록 해라."

방금 나눴던 대화 때문에도 그렇고, 앞으로 가주의 직함에 있는 제갈인창은 외부의 일에 나서지 않는 편이 좋으리라.

"알겠습니다."

제갈건이 고개를 숙인 뒤, 나갈 생각을 하지 않고 머뭇거리자 제갈인창이 붓과 벼루를 정리하며 지나가는 말투로 묻는다.

"뭐, 할 말이 더 남았느냐?"

"여덟 글자 말입니다."

"그게 왜?"

"글자 사이의 공백은 어찌 아신 겁니까? 여덟 글자가 모두 붙어 있었다면…… 어디서부터 어디까지가 하나의 수수께끼인지 알 수 없어 몇 십, 아니, 몇 백 배로 해석이 힘들었을 텐데 말입니다."

황택 올국 삼목차홀(黃宅 兀國 三木次笏)이 아닌, 황택올국삼목차홀(黃宅兀國三木次笏)이었다면 말이다.

"서찰이 오는 간극을 읽었다. 보통 한 통이 보름 간격이었는데, 처음 두 개가 온 이후 세 번째 것이 삼 일만에 왔고. 네 번째 이후 다섯 번째 것은 이레만에 도착했지."

"……그랬었습니까?"

서찰을 전한 이가 바로 제갈건 자신이었는데도 몰랐던 사실이다.

제갈건은 솔직히 감탄했다.

뭐든 처음이 어려운 거다. 무엇을 '어떻게' 해야 할지 결정하는 것 말이다.

눈앞에 一이 있을 때, 그게 단순한 가로선인지, 누군가 자신을 혼란스럽게 만들기 위해 검지로 그어 놓은 장난인지, 아니면 큰 그림을 그리기 위한 밑그림의 시작인지.

상상은 끝이 없다.

하나 그것을 풀기 위해 노력하고 결국 누군가가 一 옆에 二를 쓰게 되는 순간, 사람들은 너도 나도 너무 쉬운 문제였다며 피식 웃게 된다.

그것은 상상이 끝났고, 문제를 설명하고 이해할 수 있는 방식이 만들어졌기 때문이다.

이제 곧 二 옆에 三이 올 거란 걸 알게 됐듯이.

일단 어떻게 해야 할지, 방식만 알게 되면 그 뒤는 점점 더 쉬워졌다.

그래서 제갈건은 자신의 아버지가 제갈세가의 가주에 걸맞은 참 대단한 사람이라 느꼈다.

아무렇지 않게 말하지만, 그가 그렇게 하기 위해 어떤 노력을 하고 얼마나 신경을 집중했는지 알고 있으니까.

비록 장보도를 풀지 못했어도, 아버지는 대단했다.

세가에서 자라 후계자까지 된 제갈건이다. 핏줄에 대한 정이 깊었다면 살아남기 힘들었을 곳에서, 최고에 가장 가까이 간 자라는 뜻이다.

그렇게 형제들을 제치고 혹은 죽이고 어렵게 얻은 자리임에도, 다른 세가나 문파로 보면 아직도 후계자란 딱지를 붙이고 있기 민망한 나이까지 가주 자리에 오르지 못했다.

제갈인창은 절대 뒷방 늙은이로 시들어갈 사람이 아니었으니까. 그는 죽기 전까지는 가주 자리를 내놓지 않을 것이다.

제갈건은 그 사실에 처음으로 다행이란 생각이 들었다.

아버지는 이 고비를 잘 넘기실 것이다. 자신은 그 다음, 이곳에서 맞은편으로 넘어가면 된다.

지금은 그와 자신 사이에 바다가 놓인 것처럼 멀리 느껴지지만 그때는, 이것은 그저 단순한 탁자 하나일 뿐이리라.

그렇게 만들 자신이 제갈건은 있었다.
그렇기에 그는 탁자 건너편에서 다시 장보도에 열중해
있는 아버지를 바라보며 웃을 수 있었다.

第四章

열여덟 살! 세상이 나에게 시비를 건다!

생일이 지난 줄도 몰랐다. 하도 정신없이 시간이 가서.

매해 유청 자신의 생일 때는 동네 잔치가 벌어져, 생일 당사자보다 잔치를 준비한 자기들이 더 좋아서 웃고 떠들며 왁자지껄한 하루를 보냈었는데.

물론 사람들이 자신의 생일을 잊은 게 아쉽다거나, 크게 섭섭한 건 아니었다.

어차피 '당사자' 보다 더 그날을 즐긴 건 동심회 포함 동네 사람들이었으니까.

그러니까요, 이제 그만하셔도 됩니다요.

진유청이 몇 발자국 앞에 무리를 지어 서서 이야기를 나누고 있는 이들을 빤히 바라봤다.

“흠, 흠. 아무리 그래도 그렇지. 소신선의 생일을 잊다니 회주께서 너무하셨소이다.”

“그게…… 학관의 재정을 빨리 처리하지 않으면 교두님들 봉급도 줄 수 없고, 무사들의 생활도 곤란해지니 다른 데 신경을 쓸 겨를이 없었습니다.”

진호철이 슬쩍 막내아들의 눈치를 살피며 대답한다.

일부러 아들내미가 잘 따르는 강 교두와 학관 이야기까지 들먹일 정도로 머릴 굴린 게 효과가 있나 없나 확인하는 거다.

호남성의 능구렁이께서 이 무슨 속 들여다보이는 짓이신고…….

이렇게 유독 생일에 집착하는 사람들에게 둘러싸이게 된 건, 아무래도 전생에서 제대로 챙겨먹지 못한 생일상을 이번 생에선 확실히 몇 배로 뽑아 먹으라고 하는 하늘의 배려가 아닐까 싶다.

원래 하늘은 유청 자신이 별로 원하지 않는 것들로만 골라서 아끼지 않고 팍팍 퍼주곤 했으니까 말이다.

“에휴우우우우.”

유청이 길게 한숨을 내쉬며 고개를 설레설레 흔들자, 진호철이 움찔하여 어색한 미소를 입가에 그렸다.

아들아, 안 통했냐?

절대 안 통하거든요!

　아버지가 눈으로 묻는 말에 진유청이 쌜쭉하게 고개를 돌려 버리는 걸로 대답을 대신했다.

　사람이 괜찮다, 괜찮다 하는 데도 계속 괜찮아? 하고 물어보면 원랜 괜찮았던 것도 안 괜찮아지지 않던가.

　하물며 유청 자신은 전혀 아무렇지도 않은데 자기들끼리 저렇게 부산을 떨며 눈치를 살피니 꼭…….

　자신이 정말 생일 한 번 안 챙겨줬다고 토라져서 신경질 부리는 어린애가 된 것 같았다.

　자신은 진짜 아닌데 말이다!

　이젠 왠지 슬슬 부아가 치미는 게, 흐응…….

　이러나저러나 똑같은 거라면, 다들 원하시는 대로 그냥 확 삐쳐 버릴까 보다!

　심술이 눈가로 뚝뚝 내려앉아 가늘게 접힌 유청의 눈에 저 멀리, 혼자 떨어져 앉아 일에 열중한 듯 뭔가를 써 내려가는 진이현의 모습이 보였다.

　그래, 저게 바로 정상적인 반응이라 이거지!

　유청이 예닐곱 살 먹은 어린애가 아닌 이상, 말이다.

　게다가 자신은 그 예닐곱 살 때도 생일 잔치 따윈 바란 적도, 해달라고 한 적도 없었다는 걸 되새겨 보면 더욱, 더!

　요즘 자신을 부쩍 어른 대접해 주시던 형님이라 그런가, 뭐가 달라도 다르셨다.

진유청이 눈가에 매달렸던 심술을 눈곱 떼듯 떼어 떨어트리려는 순간, 진이현이 무시무시한 기세로 뭔가를 써 내려가던 손을 딱 멈추고 고개를 들었다.

"다 썼다."

나직한 어조로 중얼거린 진이현이 자리에서 일어나 이쪽으로 걸어왔다.

뭘 다 쓰셨기에 저런 후련한 표정을 지으실까?

그의 혼잣말을 들은 진유청이 고개를 갸웃거린다.

진수당의 중요한 결재 서류? 아니면 총관부에서 저번에 받았던 비용이 모자라다며 재심사를 요청했나?

요즘 몇몇 미꾸라지가 진호철과 진이현을 골탕 먹이려 분탕질을 치고 있단 얘기를 들었으니 충분히 가능성이 있는 짐작이었다.

한데…… 이상하네?

분명 아버지에게로 가서 일의 경과를 보고할 거라 예상됐던 형님이 똑바로 진유청 자신을 향해 걸어오고 있는 게 아닌가.

게다가 그 서류, 그거. 그걸 왜 절 주십니까?

진유청이 이현을 물끄러미 올려다보자 그가 입을 열었다.

"어서 읽어보아라."

이게 뭔데요?

진유청은 얼떨결에 받은 종잇장을 눈으로 훑어 내렸다,
그리고.

훗.

진유청이 흰 이를 드러냈다.

어찌 그러지 않을 수 있으랴. 한창 일하느라 바쁘셔야
할, 능력 있고 멋진 자신의 형님께서 진수당에 출근(出勤)
도 안 하시고 쭈그리고 앉아서 적으신 아주 중요해 뵈는
서류가 바로…….

"왜? 마음에 들지 않느냐?"

진이현의 목소리에 진유청이 이를 빠득 갈았다.

"아니요. 너무 좋아서 저도 모르게 그만."

자신에게 줄 선물 목록임에야.

게다가 두 번째부터 그 아래 줄줄이 써진 항목들은 그
나마 이해라도 갔다.

그럭저럭 평범한 열여덟의 청년이라면 충분히 혹할 만
한 일들과 물건이었으니까. 그런데…….

"형님, 이 첫 번째 항목이요."

"그래, 그게 가장 좋더냐? 내 제일 잘 보이라고 첫 번
째에 써두었다."

진이현은 그럴 줄 알았다는 듯 흐릿한 웃음을 입가에
담는다.

……그럴 리가 있겠습니까!

버럭 소리치려던 진유청은 눈앞에 있는 이가 형님이란 걸 머릿속에 백 번쯤 되뇐 다음 말했다.

"대체 헤아를 무림맹으로 데려오는 거랑 저랑 무슨 상관이라고, 제 생일 선물 목록 첫 번째에 버젓이 쓰여 있는 겁니까?"

"부끄러워할 필요 없다."

"제가 왜 부끄러워합니까?"

진유청이 진짜 궁금하다는 듯 묻자, 진이현도 진심으로 대답했다.

"괜찮다. 원래 그런 게다."

그러니까 뭐가요…….

진유청은 뭐 이리 말이 안 통하나 싶어 손으로 제 가슴을 탕탕 쳤다.

머릿속에 언뜻 한수 녀석을 구하러 가기 전 금오상단에 들렀을 때 보았던 헤아의 얼굴이, 녀석의 뒷모습이 스쳐 지나갔지만 크게 의미를 두진 않았다.

어린 누이가 잘 있는지, 잠시 잊고 있던 그녀에 대한 생각이 잠시 머릿속을 차지한 것뿐이었으니까.

그리고, 헤아. 고 여우는 언제쯤 이 오해를 풀어줘서 유청 자신을 난처하지 않게 만들어주련지에 대한 약간의 원망?

진이현은 허리를 조금 낮춰 동생과 눈높이를 맞춘 후

녀석의 귀에 작게 속삭였다.

"나도 가끔, 모용 소저를 떠올릴 때 지금 너와 같은 표정을 짓곤 한다."

왜 유청 자신이 방금 혜아를 생각할 때 표정하고 형님이 형수님을 떠올릴 때 표정하고 같…….

헉! 혹시 형수님이랑 사이가 안 좋아지기라도 하셨나?

진유청이 깜짝 놀라 눈을 크게 뜨자 진이현이 그의 어깨를 따스하게 두드려 줬다.

아무리 유청이 대단한 아이라도 아직 열여덟 아닌가.

제대로 된 사랑을 못해 봤을 나이에. 인간은 사랑해도, 여자는 사랑할 줄 모를 녀석이 바로 유청이었다.

그리해, 아직 어린 동생이 제 마음을 알아채지 못하고 헤맬까 걱정된 이현으로선 아주 어렵게 꺼낸 이야기인데…… 바로 깨달은 것 같으니 참 다행이다 싶었다.

유청이와 혜아는 아주 잘 어울리는 한 쌍이 아닌가.

두 아이가 어여쁘게 마음을 잇고, 순탄하게 앞을 향해 나아갔으면 했다.

"진심을 주어도 아깝지 않은 이를 만나기도 어렵지만, 내가 그 사람을 좋아하고 그 사람도 나를 좋아해 줄 가능성이 과연 얼마나 되겠느냐. 그러니 그런 사람을 만나면 놓쳐선 안 된다, 내가 모용 소저를 잃을 뻔했던 것처럼."

이현의 말에 진유청이 고개를 끄덕였다.

그거야 그렇지요.

아무리 노력해도 가질 수 없는 사람은 죽어도 못 가지는 게 그거고, 아무리 가진 게 없어도 마음만 맞으면 가질 수 있는 게 그거 아닙니까.

누군가에겐 너무나 맺기 힘든 운명이지만, 세상에선 가장 흔한 기적.

바로 사랑이란 거.

남들 다 하는 그거. 근데, 그거 저한테는 참 어렵습디다.

남들처럼 해보려고 달려들었더니, 나는 아니랍디다. 내 마음은 진짜가 아니랍디다. 그래서 내 사랑은 걸레짝이 돼서 버려졌습니다.

그러니 저는 그 셋 중 누구나 가질 수 있다는 하나마저 가지지 못해 해보지 못한 게 바로 그겁니다.

지금은 할 수 있다고 해도, 그런 격정적인 감정에 휘둘리고 싶지 않아 하기 싫은 게 바로 사랑이고요.

나이 먹으면 만사 귀찮아지고, 사랑보다 더 은근한 게 좋아지지 않습니까. 통증도 무뎌져 참아질 만하니까요.

현재의 제가 그렇습니다. 그리고 그게 좋고요.

그런데요, 형님. 지금 중요한 건 그게 아니라……

　제가 잘 이해가 안 가서 그러는데. 형수님과 사이가 안 좋으신 겁니까, 아니면 좋아 죽겠다고 자랑하시는 겁니까?

　당최 일관성이 없으십니다.

　진유청이 인상을 구기기 직전.

　"그러니, 혜아에게 잘하여라."

　진이현이 오해를 풀어줬다.

　아아, 그런 거였구나.

　진유청은 손에 들려 있던 종잇장을 제 형에게 도로 내밀며 말했다.

　"형님."

　"왜 그러느냐?"

　"여기 쓰인 것 중 하나도 마음에 드는 게 없습니다."

　"하나도?"

　그래도 첫 번째 줄은 마음에 들지 않았냐는 것 같은 눈으로 바라보는 진이현을 보니……

　유청은 사람의 콧구멍이 두 개 뚫려 있는 이유를 알 듯했다.

　이렇게 기가 막힐 때, 한쪽 콧구멍이 막혀도 죽지는 말라고!

　"네, 하나도요! 단, 한 개도요! 그러니까 다시 써오세요!"

진유청이 휙 몸을 돌리다가 아버지를 비롯한 동심회 어르신들과 눈이 마주쳤다.

"제가 얼마나 뒤끝이 긴지 잘 아시죠? 하마타면 우화등선해서 챙겨먹지도 못할 뻔했던 열여덟 살 생일을 잊으신 거. 절대 안 까먹을 겁니다."

그래, 아무렴 어떠냐.

일곱 살이든 여덟 살이든, 열여덟이든 한 끗 차다.

앞에 숫자 한 자리 더 붙는 거 말곤 거기서 거기지 뭐.

그거야말로 가장 큰 차이란 걸 가볍게 무시해 버린 진유청이 콧방귀를 뀌며 몸을 돌렸다.

어차피 두 번째 삶을 살아가는 자신에게 나이 따위 중요하지 않으니까. 열여덟 살의 일을 할 수 있는 여덟 살짜리 진유청을, 어디 한 번 상대해 보시지요!

뒤도 돌아보지 않고 휑하니 멀어지는 녀석의 뒷모습을 보며 청기자가 수염을 쓸어내렸다.

"이런, 이런. 소신선이 진짜 화가 났군."

"그러게 말입니다. 장난이 너무 심했나 봅니다."

진호철이 머릴 긁적거렸다.

생일을 그냥 잊고 넘어간 것도 미안하긴 했지만, 그보다는 녀석이 요즘 영 시무룩하고 기운이 없어 봬 놓을 걸었던 건데 수위 조절을 제대로 하지 못한 듯.

"그러게 이건 아니라고 하지 않았습니까."

청운자는 안 될 줄 알았던 건지 별다른 실망의 기색은 보이지 않았다.

유청이 녀석에게 통하려면 다 까놓고 드러낸 뒤 불쌍한 척하거나, 이현이나 회주가 정색을 하는 수밖에 없다.

물론 그런다고 항상 먹히는 건 아닐지라도, 그래도 개중 가능성이 높은 방법들이랄까.

"혹시 알아차린 거 아닌가?"

개방 방주 상개가 은근히 진이현 쪽으로 눈짓을 한다.

"그럴 수도 있겠습니다."

진호철이 동의했다. 자신이 봐도 이현이 녀석은 티가 너무 났다.

저 무표정한 얼굴로 낯간지럽게끔 선물 목록을 턱하니 내밀지를 않나, 유청이 녀석이 말만 꺼내도 수줍어하며 펄쩍펄쩍 뛰는 혜아에 관한 걸 첫 번째 항목에 딱 올려놨다고 그러질 않나.

"왜들 그러십니까?"

이현은 안색 하나 변하지 않고 사람들의 시선을 튕겨냈다.

"이현이 네 녀석은 미리 말을 맞췄던 것도 아닌데 왜 뒤늦게 불쑥 끼어들어서는 그렇게 표를 팍팍 내서 산통을 깬 게냐?"

진호철의 핀잔에 진이현이 대답했다.

"저는 몰랐습니다만."

어디까지나 진이현은 담담했다. 자신은 진심으로 한 행동이었으니까.

진호철은 잠시 눈을 깜빡이다가 첫째 아들이 아직도 손에 들고 있는 종잇장에 시선을 줬다.

한 장 가득 빼곡하게 써진 글자들.

그럼 이현이 이 녀석은 저걸 정말로 다 해주려고 했던 건가?

"네."

진이현은 마치 아버지의 의문을 귀로 들은 것처럼 대답했다.

저렇게 아무렇지도 않게 그렇다고 하는데, 대꾸할 말을 찾기가 어려웠다.

생각해 보면 이현이는 다른 것도 그러했지만 특히나 제 동생에 대해서만큼은 그냥 하는 일이라는 게 없는 녀석이지 않았나.

아주 어렸을 때부터, 지금까지 한결같이 그래왔다.

"제 동생 일이라면 동심회도 팔아먹을 녀석."

"그게 걱정되시면, 저에겐 동심회 일을 맡기지 않으시는 게 좋을 겁니다."

고저 없이, 감정이 담기지 않은 채 흘러나온 진이현의

목소리.

이거 농담인가, 아니면 진담일까.

진호철이 얼음덩이 같은 첫째 아들내미의 얼굴을 뚫어져라 봤다.

번쩍번쩍 뿜어져 나오는 눈빛이 아무래도 진심인 듯.

아비인 자신보다 어째 형인 이 녀석이 유청이를 더 감싸고도는 듯. 뭐, 이것 또한 아주 오래전부터 그래왔던 거지만.

유청이 녀석 또한 그런 것처럼 말이다.

진호철은 두 아들에게 자신만 따돌려지는 것 같단 생각을 하며 손사래를 쳤다.

"그래, 그러려무나. 어차피 동심회가 핏줄로 물려지는 곳도 아니고. 좀 더 시간이 지나면 호선이나 진호가 자랄 테지."

그럼 그 아이들이 동심회를 잘 맡아줄 것이다.

"무슨 말씀을 그리하시오, 회주?"

"그렇소이다. 어차피 소신선에 관한 일이면 동심회 전체의 일이나 마찬가지이니 이현이가 어떤 행동을 하든 그게 딱히 틀린 방향은 아닐 것이오."

진호철의 말에 쏟아지는 반대표들.

아아. 어째 아비인 자신보다, 다른 사람들이 자신의 아들들을 더 믿어주는 것 같다.

고마운 일이긴 한데…… 왠지 자신만 나쁜 놈 되는 거 같은 기분이!

한데 진이현에게서 풍기는 기운이 심상치가 않다.

그는 무표정한 얼굴로 동심회의 어르신들 한 분 한 분과 시선을 마주했다.

"저는 진심입니다."

"이현이, 너 이 녀석!"

진호철이 정색을 했다. 한 번 혼낼 일 없이 뭐든 알아서 잘하던, 기대 이상을 해내는 첫째 아들.

그런데 그게 잘못됐던 것인가?

어찌 어르신들 앞에서 이리 방종하게 굴 수가 있단 말인가.

아버지의 호통에도 불구하고, 진이현은 형형한 시선을 거두지 않았다.

그에겐, 꼭 지켜야 할 게 있었으니까.

그는 절대 물러나지 않겠다는 듯 고개를 똑바로 든 채 조금도 수그러들지 않은 기세로 한 자 한 자를 뱉어냈다.

"저는 세상이, 그리고 무림맹이 내 어린 동생을 갉아먹으면서 더 살 만해지고, 더 나은 길로 향하는 걸…… 그냥 두고 보고 있지만은 않을 것입니다."

진호철의 눈이 커졌다.

“이현아……”

동심회 사람들이 내내 마음에 걸려 하던 일전의 일은, 진이현에게도 큰 영향을 미친 모양이었다.

유청의 기분을 풀어주고, 긴장되지 않은 분위기 속에서 다시 한 번 편하게 이야기를 듣기 위해 이들이 녀석의 잊어버린 생일을 빌미 삼아 기회를 만들려 한 것과는 달리.

진이현은 이미 결정을 내렸다.

그 일이 있기 오래 전부터, 그렇게 생각해 왔기에 조금도 어렵지 않게.

“유청이가 아무리 대단해 보여도, 그 아이가 해내지 못할 게 없어 보인다 해도. 그 녀석이 혼자 너무 큰 짐을 짊어지고 가게 하지는 말아 주십시오.”

비단 진호철만이 아닌, 동심회의 다른 이들에게도 들으라는 투로 진이현이 말했다.

그가 제 손에 들려 있던 종잇장을 잠시 내려다보다 손가락에 힘을 뺐다.

가벼운 종잇장이 허공에서 팔랑거리다 지면 위에 내려앉는다.

진이현은 종잇장엔 시선도 떨어트리지 않고 조용히 인사를 남긴 후 몸을 돌려 후원을 떠났다.

곤혹스러운 얼굴을 하고 있던 진호철이 첫째가 떨어트

리고 간 종잇장을 집어 들어 읽어 내려갔다.

첫 번째는 들은 대로 헤아에 관한 것이고. 두 번째부터는 좋은 물건이나 귀한 간식거리, 구하기 어려운 특산품 따위가 쭉 적혀 있었다.

그리고 마지막 항목.

종잇장에 쓰인 글을 대충 봐 넘긴 듯했던 유청이 이것까지 보았을지, 아니면 보지 못한 채 그런 말을 했는지는 알 수 없지만.

“언제든 유청이가 원할 땐 무림맹을 떠나 진가장으로 ‘함께’ 돌아가기, 라…….”

진호철의 뒤로 다가가 종잇장을 어깨 너머로 엿보던 상개의 입에서 나직한 탄식이 흘러나왔다.

“동심회를 지탱하는 두 개의 기둥 모두가 무림맹에서 마음이 떠났구려.”

이현이 남긴 말이 동심회 수뇌부의 가슴을 묵직하게 내리눌렀다.

그들 또한 생각지 않았던 부분은 아니었기에, 그 무게가 더욱 실감이 나며 안타까움이 밀려닥쳤다.

“그러니까 좀 적당히 하시지.”

진유청이 투덜댔다.

나와서 곰곰이 생각해 보니, 어르신들께서 자신에게 장

난을 치신 거 같았기 때문이다.

뭐, 당신들이 과하셨으니 썰렁해진 분위기도 알아서 수습하셨으리라 믿자.

진유청은 고개를 휘휘 저은 뒤, 터벅터벅 걸음을 옮긴다.

"학관에나 갈까?"

동심회가 학관을 나가게 된 일로 많이 시무룩해했던 오현이와 제갈영이 잘 지내고 있나 확인할 겸 놀러가려는 거다.

마음을 정하니 발에 힘이 들어갔다.

학관 입구로 들어선 유청은 곧장 상방 숙소로 향하려다 미간을 찡그렸다.

이 시간에 오현이가 숙소에 있을까 하는데 생각이 미친 탓이다.

"상급 검술 수업을 들을 때 빼곤 연무장에서 개인 수련을 한다고 했으니까……."

진유청은 공용 연무장이 있는 방향으로 시선을 줬다가 이내 고개를 원래 위치로 돌렸다.

굳이 수련을 방해할 필요가 있을까 싶다.

"영이랑 놀고 있으면 오겠지."

어차피 제갈영은 오현이 녀석 때문인지 학관 수업 중 강일언의 중급 검술 수업만 듣고 나머지 시간 대부분은 숙소에 처박혀 있었으니.

그렇게 상방 숙소로 향한 진유청이 근처에 도착했을 때쯤, 맞은편에서 소란이 일고 있었다.

"뭐지?"

진유청이 고개를 갸웃거리며 전면을 주시했다가 인상을 굳혔다.

"달라니까!"

"안 됩니다. 이번이 몇 번째입니까?"

"이 자식이. 지금 네가 날 무시하냐? 응? 감히 내가 누군 줄 알고!"

낯익은 얼굴과 익숙한 목소리.

하나 여기 있어선 안 되고, 여기 있을 이유가 없는 이가 유청 앞에 서 있었다.

게다가 더 진유청을 어이없게 한 것은…….

"남궁 공자, 이제 그만 좀 하십시오! 남궁세가의 이름을 남궁 공자께서 다 깎아 먹고 계십니다!"

"흥, 그까짓 게 뭐 대수라고. 돈이나 다오. 내 나중에 몇 곱절로 갚아줄 테니까."

남궁혁은 상방 수련생의 팔을 잡고 흔들며 재촉했다.

상방 수련생은 차마 그를 내치진 못하고 인상만 구기고 있었다.

"아, 얼른!"

그의 손이 불쑥 품속으로 들어오자 상방 수련생이 더 이상 참지 못하고 남궁혁을 확 밀쳤다.

이런!

진유청이 미간을 찡그리며 바로 튀어 나갈 수 있도록 상체를 조금 앞으로 숙였다.

아무리 거지꼴로 파락호처럼 굴고 있다고 해도 그는 남궁혁이지 않은가.

사도진만큼은 아니더라도, 후기지수들 사이에선 제법 강한 축에 속했고. 그런 남궁혁이 상방 수련생에게 순순히 당해줄 리가 없었으니.

그런데 상황은 예상과는 다르게 흘러갔다.

콰당!

뒤로 나자빠진 남궁혁이 그대로 바닥을 구른다.

밀쳐져 균형을 잃은 순간, 상방 수련생에게 반격을 가하며 몸을 세운 게 아니라. 쓰러진 다음 벌떡 일어나 상방 수련생을 공격한 게 아니라.

“씨발, 이젠 저따위 놈도 나를 우습게 보고 덤벼드는군.”

바닥에 대자로 드러누운 채 웃는다.

그래서 진유청은 알았다.

남궁혁은 망가진 게 아니라, 망가지고 싶어 한다는 걸.

못 볼 꼴을 봤다.

보지 않았으면 더 좋았을 것을, 이라고도 생각한다. 그
러나 어쩌겠나.

"하하하, 하하하하!"

남궁혁이 터트린 절규와 같은 웃음소리가 귓속에 파고
드는 것을.

"이제 찾아오지 마십시오. 남궁세가의 대공자님께 이
추태를 알리기 전에 말입니다."

상방 수련생은 남궁혁에게 쌓인 게 많은지 차갑게 쏘아
붙인 뒤 진유청을 발견하곤 인사를 건넸다.

"언제부터 계셨습니까?"

딱히 보기 좋은 광경은 아니었음을 자각하고 있는지 멋
쩍은 얼굴로 머릴 긁적이는 상방 수련생은 십대 중 후반,
꼭 고 나이 때의 풋내 나는 소년으로 보였다.

두, 세 살 차이밖에 안 날 남궁혁이 세상 다 산 것 같은
표정을 짓고 있는 것과 크게 비교되게끔.

"얼마 안 됐습니다."

진유청이 발끝으로 남궁혁을 툭툭 차며 대답했다.

남궁혁을 밀쳤던 상방 수련생과 그 친구로 보이는 이들
이 잠시 눈빛을 교환하더니 간단한 인사를 남기고 총총거
리며 사라졌다.

진유청과 남궁혁 사이의 악연을 들은 적이 있는지, 자
리를 피해주는 모양.

“아, 뭐야!”

남궁혁이 누운 자세 그대로 고개를 돌리다 진유청과 눈이 마주쳤다.

“여기서 뭐하냐?”

남궁세가로 돌아가지 않았다더니. 돌아가도 받아주지 않을 거란 소리도 듣긴 했다만. 그래도 이건 아니지.

진유청의 물음에 남궁혁이 벌떡 몸을 일으켰다.

갈 때까지 간 것처럼 구는 주제에 그래도 마지막 자존심은 남아 있는 건가 싶었지만…….

“아는 얼굴을 만나니 반갑네. 돈 좀 있나?”

히죽 웃으며 손바닥을 내민다.

“대남궁세가의 공자님이 어디에 붙어 있는지도 모를 진가장 둘째한테 돈 좀 있냐고 물어보는 건 좀 너무하지 않나?”

진유청이 툭 뱉어낸 말에 남궁혁의 눈꼬리가 파르르 떨리지만 그는 끝까지 저를 무너트리지 않았다.

그러니까, 완전히 망가진 모습을 내보이는데 주저함이 없었다는 뜻이다. 마치, 그래야만 한다는 것처럼.

“대남궁세가는 남궁민 거고, 나는 거기서 찌꺼기가 돼 떨어져 나온 쓰레기니 진가장 둘째 따위의 돈이라도 감지덕지하지.”

“돈 주면 그걸로 뭐하게?”

"세가에서 쫓겨났으니 먹고 자고 술이라도 마시려면 푼
돈이라도 있어야 하지 않겠나?"

다른 거대 문파 후기지수들에게 그런 짓을 했다간 뒷일
이 어찌 꼬일지 모르니 만만한 게 학관이라고 상방과 중
방 수련생들을 괴롭혔나 보다.

"대체 어쩌려고 그러냐?"

"어쩌긴, 뭘 어째. 이렇게 살다 어떻게든 죽으면 그
뿐."

진유청은 남궁혁이 저가 한 말에 꼬박꼬박 대답해 주는
건 물론, 이토록 긴 대화를 나눌 수 있다는 거 자체가 낯
설었다.

쉽게 말하자면, 이건 정상적인 상황이 아니라는 뜻.

"그것도 남궁혁 네가 선택한 길이라면, 죽기 위해서 열
심히 달려가 봐라."

진유청이 건조한 목소리로 말했다.

굳이 이런 때 이렇게 독한 말을 뱉어낼 필요야 없을지
도 모르지만.

마음이 안 좋은 건 어쩔 수 없다 해도, 불쌍한 건 불쌍
한 거고. 꼴같잖은 건 꼴같잖은 거다.

남궁혁을 여기까지 오게 한 과정 모두가 제 스스로의
판단과 결정이었으니 지금 또한 그러하리라.

그리고 또, 거기에 대한 책임을 져야겠지, 이보다 더

떨어질 나락이 그에게 있는지는 모르겠지만 말이다.

아, 이젠 하다하다 전생엔 배때기 쑤셔서 죽이고 현생에선 사사건건 시비로 얼룩졌던 놈까지 가시처럼 눈에 박히는구나 싶은 게.

각양각색의 물고기부터 동물들까지 폭 넓게 사랑해 온 진유청 자신이 드디어 살아 있는 존재 모두를 귀히 여긴다는 생불(生佛)이 됐음을 깨닫는다.

그렇지 않고서야 어찌 다른 누구도 아닌, 저놈이 다 안쓰러울 수가 있을까!

씨바…… 이제 신선도 모자라 부처냐?

그냥 정상적인 열여덟로 살면, 좀 안 되겠니?

난 정말로 그런 거 되기 싫거든?

그러니…… 남궁혁, 이 개새끼야. 작작 좀 해라, 응?

"뭘 그렇게 빤히 보지. 그냥 돈이나 좀 달라니까?"

진유청이 속으로 무슨 생각을 하는지 아무 관심도 없다는 얼굴로 남궁혁이 다시 한 번 채근했다.

속으로 한숨을 삭힌 진유청은 품에서 있는 돈을 다 꺼내 놈의 손에 쥐어줬다.

물론, 그냥 주는 건 아니다. 진유청 자신에게 절대 공짜란 없지 않은가.

"이거, 빌린 거 갚는 거다."

예전에 북경으로 가기 위해 학관에서 가출할 때, 남궁

혁에게 뜯었던 돈을 뜻하는 거다.

유청은 줘야 할 건 다 줬으니 앞으론 국물도 없을 거란 의사를 분명히 표현했다.

물론, 남궁혁은 전혀 알아들은 표정이 아니었지만. 유청에게 대체 무슨 뜻이냐 물어볼 의사도 없는 듯.

"이걸로 또 며칠은 버티겠군."

손에 쥐어진 돈의 무게를 가늠하느라 정신이 팔렸다.

아직 남아 있는 긴 인생에 비하면 그 며칠의 위안이 그를 얼마나 더 똥통에 집어넣을지 모르지 않을 텐데도…….

놈은 그걸로 만족이 되나 보다, 이제는.

자존심과 아집으로 똘똘 뭉쳐 있던 놈이 얼마나 충격을 받았으면 저렇게 됐을까?

남궁혁은 손에 든 돈을 쩔렁거리며 진유청에게서 몸을 돌렸다.

저 돈이 떨어질 때까지 놈은 술에 쩐 채, 여인의 분 냄새에 위로받으며 현실을 잊을 수 있겠지.

그러다가…….

"갈 데 없고 돈도 떨어지면, 상방 오호로 와라. 그곳은 누구든 받아주고, 아무도 내치지 않는 곳이니까."

일종의 안전지대라고 해야 하려나?

권오현이 들었으면 거품 물고 쓰러졌을 소릴 태연자약

하게 뱉은 진유청은 남궁혁이 들은 척도 하지 않고 가 버리는 모습에 입맛을 다셨다.

그래, 그놈의 생불지심(生佛之心). 그게 문제인 거다.

한 손으로 가슴을 둥그렇게 문지르며 진유청이 제 심장 속에 콱 틀어박힌 생불을 달래줬다.

내가 그렇게 성품 좋고 착한 인간은 아닌데, 자리를 잘못 잡았구나.

그러니까 너도 어지간히 좀 하려무나.

사람이라고 다 같은 사람은 아님을, 살아 있다고 모두가 존재할 만한 가치를 가지는 건 아니란 걸 니가 얼른 깨달아야 할 텐데.

제 깜냥에 넘치게 오지랖 부리다 인생 암울해지는 인간들을 여럿 봤던 유청 자신이 그럴 리야 없겠지마는, 어쨌든.

그냥 공용 연무장으로 오현이를 찾으러 갈 걸. 왜 상방 숙소로 곧장 와 버렸는지.

"아무래도 좋지 않아."

오늘 운수 말이다.

고개를 설레설레 저은 진유청이 상방 오호로 들어갔다.

그러나 진유청이 보내야 할 오늘 하루는 아직 한참이나 더 남아 있었다.

팽호열은 요즘 세상 모든 게 이상하다. 아니, 좀 더 정확히 말하자면 세상에서 자신이 가장 이상한 것 같았다.

자신은 자주 땅에 파묻혀 있고, 가끔 자다가 기이한 경험을 한다.

그러다 어쩔 땐, 갑자기 어디선가 돌이 날아올 거 같단 생각에 미친 듯이 주변을 살피고 그리고 또 어쩔 땐 바닥에 털썩 주저앉아 네 마음대로 해보라며 사지를 버둥거렸다.

저 스스로 자각도 하기 전에, 그러고 있었던 것이다.

자신에겐 대체 무슨 일이 일어나고 있는 것일까?

처음엔 화를 내고, 그 다음엔 자신에게 일어난 일의 원흉으로 나채환을 지목한 후 증거를 찾기 위해 사람을 붙여 놓았었다.

한데 팽호열 자신이 별의별 일을 다 당하는 동안에도 나채환은 조용히 제 할 일을 하며 동심회 숙소 인근을 벗어난 적이 없다는 보고를 받았다.

그놈은 죄가 없다는 뜻.

목표를 상실한 적의는 정체불명의 상대에 대한 공포로 변해 팽호열을 더욱 두렵게 만들었다.

자신이 이런 일을 당해야 할 만큼 잘못한 게 있나?

팽호열의 기억으론 분명 없었다.

그러니 더 환장할 노릇.

방에서 나가지 않는 것도 하루 이틀이지, 팽가의 식솔들 보기에도 그렇지만 아버지나 형제들이 자신에게 문제가 있다는 걸 알아채선 안 됐기에 팽호열은 어쩔 수 없이 밖으로 나섰다.

옷차림이나 하고 있는 것만 봐도 귀한 가문 도련님인 게 확실해 뵈는 팽호열이, 피골이 상접한 얼굴로 눈이 퀭해 비틀비틀 걸어 다니니 마주치는 이들마다 당황해 몸을 비켜난다.

"대체 왜?"

팽호열이 하얗게 말라붙어 껍질이 인 입술을 달싹였다.

그리고 문득 드는 생각. 자신이 요즘 어떤 꼴로 무슨 짓을 당하고 있는지 소문이 나서 사람들이 자신을 비웃고, 무시하는구나.

옆에 있다 같이 무슨 험한 꼴을 당할까 걱정해 피하는구나 싶어진다.

"학관 놈들 짓이군. 절대 비밀을 지키라고 그토록 당부했건만!"

눈동자에만 힘이 들어가 새파랗게 빛나는 독기가 사람들로 하여금 팽호열을 더욱 피하게 만들지만 당사자인 팽호열은 남의 탓만 할 뿐, 아직도 스스로를 돌아볼 생각은 하지 못했다.

“팽 공자.”

팽호열은 자신을 부르는 소리를 듣지 못하고 씩씩거리며 학관을 향해 걸어갔다.

“팽 공자님 아니십니까?”

등 뒤에서 불쑥 내밀어진 손이 팽호열의 어깨를 스치자 그가 소스라치게 놀라 팔을 내저었다.

철썩!

팽호열이 휘두른 손에 얻어맞은 상대방의 얼굴이 굳는다. 팽호열은 인상을 와락 구긴 채 고개를 돌렸다가 크게 당황했다.

“청성의 안 공자님 아니십니까?”

“네. 너무 정신없이 어디론가 가시기에 무슨 일이라도 있으신가 싶어 불러본 참인데…….”

그가 노기를 가라앉히며 대답했다.

“아, 학관에 급하게 볼 일이 있어서 그만…….”

같은 중도파에 속해 있는 문파의 후기지수다 보니 신경질보단 변명이 먼저 나왔다.

“학관이라…….”

안도건이 미간을 찡그렸다.

안도건에게도 아픈 상처가 있는 곳이다. 물론 그 상처에 낀 고름이 완전히 터져 사방으로 번진 건 다른 장소였지만.

“어쨌거나 죄송하게 됐습니다. 전 그럼.”

팽호열이 최대한 아무렇지 않은 모습을 보이려 애쓴 뒤, 몸을 돌리려 할 때 안도건이 입을 열었다.

“그를 더 이상 건드리지 않는 게 좋으실 겁니다.”

그라니?

팽호열이 의아한 듯 안도건에게 시선을 맞췄다.

“동심회주의 둘째 아들인…… 진유청 말입니다.”

그 이름을 꺼내는 게 어찌 이리도 힘이 든지.

안도건이 이마에 흐르는 식은땀을 손등으로 닦아냈다.

“그 진가장의 개망나니 둘째 말입니까? 전 그놈과는 엮인 일이 없습니다만?”

그놈과 친구라는 나채환이라면 모를까.

팽호열의 얼굴을 살피니 그는 정말 자기가 누굴 건드렸는지 모르고 있는 모양이었다.

패싸움이 끝날 쯤 달려든 진유청에게 엄청 발로 차였다는 데도 정신없을 때라 기억하지 못하는 듯.

윗분들 사이에서도 그분들끼리만 알고 통하는 소문거리가 있듯, 후기지수들끼리도 그러했다.

굳이 윗선에 보고를 올리기엔 애매한, 진위 여부가 확실하지 않은 뒷소문 같은 거라고 할까?

그리고 팽호열은 가장 최근에 떠도는 이야기의 주인공이었고, 그에게 일어나는 의문의 사건들의 배후가 누구인지 짐작할 수 있었던 안도건이 보기엔, 진유청의 처사가 다른 때보다 과했다.

사실 안도건과 다른 이들이 그에게 했던 행동을 떠올려 보면, 지금 살아 있다는 것 자체가 용할 정도지 않은가.

그런데도 불구하고 진유청은 수위를 조절했다.

그때는 몰랐지만 이젠 그 사실을 안다.

한 번 제대로 당해 완전히 깨져 본 이후에야, 눈을 가리던 막이 걷힌 것처럼 제대로 보이게 된 것이다.

물론 저가 잘못한 것에 대해 깨달았다기 보다는, 그토록 강한 놈이 참아주고 넘어가 줬는데도 불구하고 계속해서 멋모르고 날뛴 게 문제였다고 생각하는 것뿐이었지만.

"대체 무슨 짓을 했기에 그가 그토록 화를 내는 겁니까?"

학관 내의 패싸움에 관한 이야기가 무림맹을 잠시 들끓게 했지만 그 빌미가 됐던 처음의 싸움에 대해선 크게 알려진 바가 없었다.

동심회에서 덮고 팽가에서도 아무런 말이 나오지 않은데다 싸움에 가담한 아이들은 누가 불러서 오고, 지나가다 뒤섞인 터라 정신을 차리고 나니 난리가 난 상태였기 때문.

　동심회와 초린대가 학관에서 나오게 하기 위해 모종의 지시를 받은 하방 수련생이 꾸민 일이라는 소문이 돌긴 했으나…… 어디까지나 확인된 바는 없었다.

　하다못해 당사자인 팽호열도 저가 벌인 일로 사달이 인 건 알았지만 거기에 대한 자각은 별로 없었으니.

　패싸움 이후, 정신을 차리고 난 다음부터 계속해서 저에게 벌어지는 흉악한 사건에 온 신경이 집중돼 있었던 탓이었다.

　"전 진짜 아무 짓도 안 했다니까요?"

　그러니 팽호열로선 어이가 없을 수밖에.

　거기에 더해 왜 자신이 이런 말을 들어야 하는지 오히려 묻고 싶었다.

　아무리 동심회가 현 무림맹의 대세라 해도 그렇지.

　자신이 모르는 새에 그 진유청이란 놈에게 실수를 했을 수도 있다 치자. 그렇지만 철면검객도 아니고, 그의 개망나니 동생 놈 따위가 뭐 그리 대수라고 이러나?

　오히려 반발심이 솟구쳤다.

　안도건은 팽호열을 물끄러미 바라보다 시선을 내리깔았다.

　지금이야 자기가 잘못한 게 절대 없다고, 기억나지 않는다고 하지만 얼마 후엔 자연스레 그게 뭔지 떠오르게 될 거다.

언제 어떻게 자신이 맞을 짓을 했는지. 그쯤엔 알게 되도 이미 늦은 후겠지만.

"제가 할 수 있는 얘기는 여기까지입니다. 부디 몸조심하십시오."

저 또한 같은 소문거리 중 하나였기에 동질감이 느껴져 굳이 하지 않아도 될 이야기를 한 거기에 안도건은 이 이상은 관여하고 싶지 않았다.

안도건이 그 말을 끝으로 제 갈 길로 가려 하자 팽호열이 다급히 그를 잡는다.

"그렇게만 얘기하고 가시면 어찌합니까? 조금 더 확실하게……."

"저는 더 이상 할 얘기가…… 헉!"

그를 뿌리치던 안도건의 얼굴이 새파랗게 질린다.

"왜 그러십니까?"

팽호열이 의아해하며 그의 어깨를 잡아 흔들지만 안도건의 시선은 그를 비켜나 있었다. 팽호열은 안도건을 쫓아 그가 향해 있는 곳으로 고개를 돌렸다.

하나 별달리 눈에 띄는 점은 없었다.

평범한 모습의 앳돼 보이는 청년 하나가 이쪽을 빤히 보고 있다는 거 말고는.

한데도 팽호열은 그 뒤로도 조금 더 청년과 시선을 마주하고 있었다.

딱히 시선을 잡아끌 만한 뭔가가 있어 뵈지 않는 놈인데도 쉽사리 눈길이 거둬지지 않는 건 아마 저 새카만 눈동자 때문인가.

으음? 그러고 보니 저 녀석, 저거.

"진유청이란 놈 아닙니까?"

팽호열이 말했다.

그는 진유청의 얼굴이 왠지 낯익었다. 어디서 봤더라?

갑자기 머리가 욱신거리면서 뭔가 떠오를 듯하며 떠오르지 않는 것이. 워낙 유명한 놈이니 어디서 어떻게든 마주친 일이 있었겠지, 하며 팽호열이 납득하고 있을 때.

"히이익!"

안도건은 팽호열의 얘기에 호응해 줄 정신이 없었는지 두 손으로 그의 어깨를 거칠게 밀어내곤 반대쪽을 향해 마구 달려간다.

어안이 벙벙해진 팽호열이 안도건의 어깨를 짚었던 제 손을 내려다봤다.

그 잠깐 사이, 안도건이 엄청나게 땀을 흘린 모양이다. 팽호열의 손이 축축해져 있었다.

"뭐야, 저 자식은?"

불쑥 다가왔다 엉덩이에 불붙은 것처럼 사라져 버렸다.

미친 거 아냐?

안 좋은 일을 여럿 겪었다고 하더니만, 팽호열 자신보다 상태가 나아 보이진 않았다.

"청성은 제자를 어떻게 관리하는 건지. 저런 것도 거대 문파의 제자랍시고 저러고 다니네."

툴툴거린 팽호열이 손바닥을 옷자락에 슥슥 문댄 후, 학관 입구 쪽으로 걸어갔다.

그런데 이상해. 안도건에게서 묻어 나온 땀은 분명 닦았는데 계속 손이 젖었다.

"흐응……."

팽호열을 뚫어져라 바라보던 진유청의 잇새로 작은 신음이 흘러나온다.

"유청 이 녀석아. 뭘 그리 꿈지럭거리느냐, 제갈세가에서 중요한 발표를 할 게 있으니 대회의장으로 모여 달라 기별이 왔단 말이다."

오죽 심상치 않아 뵀으면 진호철이 홍개에게 특별히 부탁해 유청이를 찾아서 같이 와달라고까지 한 참이 아닌가.

홍개가 등을 미는 데도 진유청은 발을 뗄 생각이 없는 듯.

"거지 할아버지는 세상이 자기한테 시비 거는 거 같은 기분, 느껴본 적 있으세요?"

"어엉? 그게 무슨 소리더냐?"
"딱 지금 제가 그래요."
빌어먹을 하늘이, 그리고 세상이.
진유청 자신에게 시비를 걸고 있었다.

第五章

곡소불득(哭笑不得)!

“허엇!”

홍개가 헛바람을 들이켰다.

아무리 잡아끌어도 꿈쩍도 안 하는 유청이 녀석으로 인
해 한숨을 푹푹 쉬던 중, 너무나 반가운 얼굴을 보게 된
것이다.

“그놈 맞느냐?”

니가 묻어 버렸다고 했던.

“네. 그놈 맞습니다.”

“안 죽었구나!”

홍개가 너무 좋아해서, 순간 진유청은 진심으로 궁금해
졌다.

대체 거지 할아버지는 유청 자신을 어떻게 생각하고 있
는 걸까?

홍개는 진유청이 미처 잡기도 전에 마구 달려가 팽호열
앞에 섰다.

팽호열이 이건 또 뭐야? 하는 얼굴로 홍개를 올려다본
다. 그러나 지금 홍개의 눈엔 오직 무사한 팽호열의 안위
를 확인했다는 기쁨만이 온전히 담겨 있었다.

"호열아!"

그가 팽호열을 와락 끌어안고 등을 토닥였다.

창졸지간에 당한 일인지라 팽호열이 입만 쩍 벌린 채
버버거린다.

이름까지 아는 걸 보니, 자신과 안면이 있는 노인네는
맞는 것 같고. 하고 있는 꼴을 보니 개방 출신인 게 확실
한데……

팽호열 자신이 동심회에 속해 있는 개방도와 이렇게 격
정적으로 안부를 나눠야 할 만한 사이일 수가 있는 건가?

대체 어떻게?

너무나 당황스러웠던 팽호열은 이 모든 게 저 자신의
일임에도 불구하고 마치 강 건너 먼 곳의 일을 구경하고
있는 것처럼 아득히 멀리 느껴졌다.

분명, 자신만 모르게 어떤 일이 벌어지고 있는 거다.

왠지 익숙한 이 기분. 정신 차리고 나면, 세상이 달라

져 있던 여러 번의 경험들이 떠올라 팽호열을 소름 끼치게 했다.

"무슨 죽었던 자식이 돌아온 것처럼 그러세요? 진호가 가출했다 돌아와도 그렇게 반겨주려나 모르겠네."

콧잔등에 잔뜩 주름을 잡은 진유청이 홍개에게 다가가 그를 쿡쿡 찌르며 말한다.

"인석아. 내가 그동안 얼마나 마음 졸였는지 아느냐? 티는 안 냈어도 노심초사, 네 녀석이 눈이 휙 돌아가서 사고라도 친 건 아닌지, 그럼 어떻게 해야 할지 말이다."

여전히 팽호열의 목을 조르듯 두 팔로 껴안은 채 고개만 슬쩍 돌려 유청을 향해 말하는 홍개는, 글쎄…….

유청으로선 전혀 신뢰가 가지 않았다. 왜냐하면.

"할아버지, 입에 침은 바르고 거짓말하세요. 얘가 그냥 지나가다 마주쳤던 잘 모르는 동네 꼬맹이도 아니고. 저렇게 덜떨어지고 성격은 개차반이지만 어쨌든 하북 팽가의 적손인데다, 저놈 이름도 아시면서. 눈곱만큼의 열의와 관심만 있었어도 아직 잘 살아 있다는 걸 확인하실 수 있으셨을 텐데요?"

분명 잊고도 잘 사시던 분이 갑자기! 왜에 이러실까아?

홍개의 어깨가 움찔거리는 걸 진유청은 똑똑히 봤다.

"흠, 흠."

곧이어 헛기침을 몇 번 한 홍개가 팽호열을 감싸고 있

던 두 팔을 슬그머니 내렸다.

저거 보셔. 지금까지 까먹고 계셨으면서, 쳇.

진유청이 눈을 게슴츠레 뜨고 홍개를 주시했다.

"어쨌든 호열이가 살아 돌아왔으니 된 거 아니겠느냐."

"애초에 죽은 적이 없다니까요!"

홍개가 진유청을 외면하며 말을 돌리려 했지만 별로 소용은 없었다.

엉겨 붙던 홍개가 떨어져 나가니 팽호열은 정신이 번뜩 들었다.

돌아가는 상황은 영 찜찜하고, 뭔가 자꾸 떠오를 듯 떠오르지 않는 것에 짜증이 샘솟았다.

"니, 니들 뭐야!"

팽호열이 발작을 하듯 외쳤다.

서로를 향해 칼 같은 눈빛을 날리고 있던 홍개와 진유청이 동시에 팽호열을 향해 고개를 돌렸다.

여운이 남아 있는 날카로운 시선에 팽호열이 주춤거리며 마른침을 삼켰다.

"거지 할아버지, 니들은 뭐냐는 데요?"

"뭐긴. 한 명은 개방 장로고 한 명은 동심회 회주가 끔찍이도 아끼는 막내아들이지."

"쟤는 팽가의 공자님이시라 우리가 엄청 꿀리는 위치인가 봐요. 그렇지 않고서야 이렇게 반갑게 인사를 했는데 거기다 대고 어찌 저럴 수가 있겠어요?”

진유청이 낙담한 듯 고개를 떨어트리자 홍개가 그를 위로했다.

이럴 때는 특히나 더 손발이 잘 맞는 두 사람이 아닌가.

“꼭 그렇지만은 않다. 동심회도 나름대론 잘나가고 있는데 호열이 저 녀석이 똥, 오줌 분간 못하고 정신을 못 차려서 저렇게 날뛰는 거지. 사실 팽가의 가주님이 와도 우리에게 이렇게까진 못할 게다.”

“그렇죠?”

“그럼! 내가 누구냐, 바로 개방의 ‘홍개’ 아니냐! 믿어라.”

제 이름을 얘기할 땐 특히나 강세를 줘서 발음하며 팽호열에게 눈을 부라렸다.

“강호에 명성이 높으신 홍개 어르신께서 어찌 저를 아십니까? 죄송하지만 저는 기억이 나지 않습니다.”

금방 수그러들어 쭈뼛거리던 팽호열이 조심스레 되물었다.

“음, 자네 입장에서 기억날 만한 일은 없었지. 이해하네.”

돌에 맞아 기절한 채 질질 끌려가다 홍개와 마주쳤으니 당연했다.

“네? 그게 무슨 말씀이십니까?”

“하긴, 생각해 보면 나도 자네와 딱히 친분이라 부를
만한 인연은 없었군. 그냥 우린 이름 정도 아는 사이라고
해야 하려나?”

강호인들 사이에서 이름 정도 아는 사이는, 모르는 사
이를 순하게 돌려 얘기한 것뿐인…… 말 그대로 아무것도
아닌 관계란 뜻이었다.

“그럼 왜……?”

살아 돌아와 다행이라며 다정히 이름을 부르고 부둥켜
안고 등을 두드려 주신 겁니까?

“자네가 살아 있어 기뻤을 뿐인데, 그러면 안 되는 거
였는가?”

홍개가 고개를 갸웃거린다.

얼핏 들으면 별 관계도 아닌 사이에서 자신의 안위를
걱정해 줬다는 사실에 고맙다고 해야 할 것 같았지만, 뭔
가 영 꺼림칙한 게…….

고개를 갸웃거리던 팽호열의 눈이 저도 모르게 홍개에
게서 진유청에게로 향했다.

좀 전에 청성의 안도건이 미친놈처럼 펄쩍펄쩍 뛰며 도
망쳤던 게 새삼 떠올랐다.

설마?

“왜 그런 눈으로 절 보십니까?”

진유청이 천진난만하게 눈을 깜빡이며 팽호열에게 되물

었다.

"아, 아무것도 아닙니다."

팽호열이 한 발 뒤로 물러나며 대답했다. 낯빛이 파랗게 질린 게 촉은 있어도 증거는 없고, 머리보다 몸이 먼저 반응하는 듯.

"네에. 저희는 바빠서 이만 가볼게요."

"그러십시오."

팽호열이 얼른 몸을 비켜나려는데.

"근데 청성의 안 공자랑 잘 아는 사이세요?"

"조금 압니다."

진유청이 팽호열의 왼쪽 어깨에 손을 올린 뒤 그의 귓가로 제 얼굴을 갖다 댔다.

"그럼 그분 말씀 잘 새겨두세요. 먼저 깨달은 자는 후학을 위해 길을 닦아두는 법이니까요."

좀 더 빨리 깨지게 해주거나, 아니면 가던 길을 넘어 다른 곳으로 향하게 해주거나.

팽호열을 위해서라도 후자이길 진유청은 바랐다.

몸을 부르르 떠는 팽호열을 남겨둔 채 홍개와 진유청이 어깨를 나란히 하고는 학관에서 멀어진다.

그러다 진유청이 아차, 하고 고개를 돌려 팽호열에게 외쳤다.

"학관은 안 가시는 게 좋을 거 같으니, 그냥 팽가로 돌

아가 계세요. 수련생들이 다 바빠서 도와줄 사람도 없을
텐데, 팽 공자님께서도 내일 아침 찬 이슬 맞으면서 눈 뜨
긴 싫으시잖아요?”

저는 나름대로 순수하게 염려와 걱정을 담아 해준 말인
데 팽호열은 왜 눈을 까뒤집은 채 뒤로 넘어갈까?

진유청은 영문을 모르겠다는 듯이 어깨를 으쓱거렸다.

“왔느냐.”

“네, 아버님.”

뒤끝이 길다고 스스로 공언한 진유청이지만 아까 일은
벌써 기억에서 지웠다는 듯이 아무렇지도 않게 아버지 옆
에 앉았다.

가끔은 이럴 때도 있어야 하지 않겠나.

서로 껄끄러운 문제는 슬그머니 잊고 덮어두는 배려!

“이현 형님은요?”

진유청이 주변을 둘러보며 묻자 진호철이 대답했다.

“진수당의 일이 바빠, 하던 것만 마치고 온댔으니 곧
도착할 게다.”

말이 끝나기 무섭게 진이현이 대회의장 안으로 들어와
곧장 아버지와 동생이 있는 곳으로 왔다.

진가장 세 부자가 나란히 앉자 그들을 중심으로 주위를
동심회 식구들이 채웠다.

다른 곳도 마찬가지. 무림 사천의 수뇌부 중 대부분이 속속 회의장으로 모여들었다.

"무슨 큰일이 있어서 이 난리래?"

진유청이 혼잣말을 중얼거린다.

혹시 장보도 풀이에 실패했다고 이실직고하려는 건가?

제갈세가라면 어떻게든 미루고 변명을 해댔으면 했지, 그럴 사람들이 아닌데 말이다.

"안 그래도 요즘 다른 문파 사람들끼리의 회동이 잦았다며 조심하라는 이야기를 들었습니다."

진이현의 말에 진호철이 고개를 끄덕였다.

그도 하인들이나 하급 무사들에게 비슷한 얘기를 전해 들은 적이 있기 때문이다.

"동심회만 따돌렸다면 무슨 꿍꿍이가 있을 텐데."

진유청이 미간을 찡그리며 혼잣말을 중얼거릴 때, 회의를 소집한 제갈건이 모습을 드러냈다.

"제갈세가의 요청에 바쁜 시간을 내어 주셔서 감사합니다."

제갈건이 단상에 올라 회의장에 모인 이들을 향해 말했다.

"무슨 일인데 그리 급하게 수뇌부 회의를 요청하셨소이까?"

왼쪽 자리를 차지한 인의회 소속 문파 중 점창 장문인

인 최석이 궁금한 듯 물었다.

"그동안 장보도 해석이 지체되는 걸로 인해 여러 문파 분들께서 우려를 하시면서도 제갈세가의 낯을 보아 참고 기다려 주셨던 것 잘 알고 있습니다."

말이 그럴 뿐, 제갈세가를 대놓고 핍박하며 몰아붙인 이들이 대부분이었지만 제갈건은 듣기 좋고 모양새 있게 이야기를 시작했다.

진유청은 장보도 해석의 가장 중요한 역할을 맡게 될 조량을 미리 빼돌려 놨다는 사실로 별다른 걱정은 하지 않고 있었으나.

"장보도를 해석했습니다."

콰앙!

뭔가가 진유청의 뒤통수를 거세게 후려쳤다.

이런, 젠장!

량이 형도 없이 어떻게 그걸 해석했지?

오늘은 정말 진유청이 죽기 전 뒤돌아 봤을 때 손에 꼽을 만큼 재수 없는 날이 맞는 듯.

"물론, 완벽한 해석이 아닙니다. 아버님께서는 아직 확실하지도 않은 걸 공표하는 건 제갈세가의 이름에 누가될지 모른다 하셨지만…… 너무 많은 분들이 애타게 결과를 기다리고 계시다 보니 제갈세가가 정보를 감추고 있다는 오해를 살 수도 있고, 결과라고까진 할 수 없지만 중간 과정에 대해 언급하는 것도 필요할 듯해 여러분을 모셨습니다.”

제갈건이 좌중을 훑는다.

그의 시선이 다른 곳보다 조금 더, 중앙에 있는 동심회에 머물렀다.

그리고 고요한 가운데 다시 제갈건의 목소리가 흘러나왔다.

“그 한 권의 장보도는 수수께끼 책이었습니다. 수수께끼를 풀면 글자가 나오도록 안배돼 있던 겁니다.”

그의 설명이 이어진다.

진유청은 조마조마하며, 제갈건의 말에 귀를 기울였다.

이제 곧, 불귀곡 혈사가 눈앞으로 짓쳐들 거란 생각에 심장 뛰는 소리가 귓전까지 퍼져 쿵덕거릴 정도로 잔뜩 긴장한 상태였다.

“황택 올국 삼목차홀(黃宅 兀國 三木次笏).”

진유청이 두 눈을 질끈 내리감았다.

저들이 수수께끼를 풀어낸 게 맞았다. 조량이 해석해 세상에 밝힌 그것.

전생엔 안 돌아가던 머리가 이번 생에선 팍팍도 돌아간 모양이다.

그렇게 끙끙대면서도 결국 손들었던 것을 해내다니.

한데?

"황택(黃宅) 중 황은 오행의 토(土)를 의미합니다. 그리고 오행에서의 토(土)는 중앙을 뜻하지요."

"중앙의 집이라, 그것은 곧 이 나라의 수도를 의미하는 겁니까?"

최석이 묻자 제갈건이 긍정했다.

"맞습니다."

"그럼…… 북경?"

주위가 삽시간에 소란스러워졌다.

북경이라 하면, 황제가 머무는 곳. 보물이 묻혀 있다 해도 절대 근접하거나 다가갈 수 없는 곳이 아닌가.

가뜩이나 무림인과 무림 방파를 마땅치 않게 생각하는 황제라면 무림인들이 북경을 향해 모여드는 걸 절대 용납할 리가 없었다.

수군거림이 쉽사리 잦아들 기미가 안 보이자, 제갈건이 두 손바닥을 강하게 마주쳐 큰소리를 내는 걸로 주의를 환기시켰다.

"아직 해석이 끝나지 않았습니다."

휴우. 그랬구나, 난 또…….

듣고 있던 진유청도 이게 무슨 흰소리인가 싶어 당황했던 마음을 다시 추스른다.

분위기가 정리되자 제갈건이 입을 열었다.

"중앙의 집은 수도를 의미하지만, 뒤에 따라붙는 두 단어가 그곳이 북경이 아님을 의미합니다. 바로, 올국(兀國)이지요.”

올국, 나라를 세운다는 의미이다. 그러니 자연 나라를 세운 수도로 풀이 돼 황택 올국이 뜻하는 곳은 바로 홍무제가 명을 세운 남경이 되는 것이다.

“여러분께서도 조금만 깊이 생각해 보셨다면 곧 아셨을 일입니다.”

그러니 앞으론 흐름을 끊어 집중을 흐트러트리는 이가 없었으면 한다는 양해를 구한 제갈건이 말을 이었다.

“그 뒤의 글자는 바로 삼목차홀(三木次笏)입니다. 여기서 삼목은 나무 목(木) 자가 세 개이므로 상징적인 의미로 많은 나무들을 뜻합니다. 나무가 많은 곳이라 하면 바로 산이고, 남경에 있는 산 중 대표적인 산은 바로 자금산 아니겠습니까?”

그걸 뒷받침해 줄 증거로 제갈건은 자금산에는 홍무제의 능이 있다는 사실을 내세웠다.

“남아 있는 두 글자 차홀(次笏)은 자금산의 두 번째 봉우리를 가리키는 겁니다. 차(次)는 두 번째로 해석되고, 홀은 관리들이 입궁할 때 손에 드는 패를 뜻하니. 작은 봉우리처럼 솟아 있는 그것을 연상시켜 이어준 게 아닐까 싶습니다.”

“그러니까 장보도가 가리키는 곳이 남경의 자금산, 두

번째로 높은 봉우리란 뜻이십니까?"

진유청이 고개를 옆으로 살짝 기울인 채 묻는 말에 제갈건이 흐릿하게 이마에 주름을 잡았다.

동심회에서 저 아이를 싸고도는 게 심상치 않긴 하지만 어찌 수뇌부 회의를 열고 있는 곳까지 데리고 온단 말인가 싶었던 거다.

그는 속으로 불쾌하긴 했으나 더는 내색치 않고 고개를 끄덕거렸다.

제갈건이 확인해 주자, 진유청이 한숨을 푹 쉰다.

이건, 뭐.

할 말이 떠오르지 않는 게 온갖 무수한 욕들이 진유청의 머릿속에 둥둥 떠다녔다.

어디라고? 남경의 자금산?

뒤에 해석해야 할 수수께끼가 더 남아 있어 확실치는 않아?

요즘 동심회만 따돌린 채, 다른 문파들끼리의 회동이 잦다더니만 이러려고 그런 건가.

진유청이 회의장 안을 쭈욱 훑어봤다.

열기가 피어올라 흥분으로 들썩이고 있다.

왜요? 동심회 잡을 생각에 좋아 죽겠습니까들?

그냥, 아주 떼로 육갑을 떠십니다요.

진유청은 엄지와 검지로 이마를 짚어 머리를 받쳤다.

저들을 보고만 있어도 어지러워 머리통이 무겁게 느껴진 거다.

"왜 그러느냐?"

진이현이 걱정스레 동생에게 묻자 진유청이 제 형에게 속삭였다.

"저 사람들 하는 짓이 너무 가관입니다."

장보도 해석이 아마도, 불가능할 거라 여겼던 동생이기에 제갈세가에서 풀이에 성공했다는 사실에 충격을 받았을 수도 있지만. 유청이의 언행을 보건데 이건 그래서 받은 충격이라기보다는 뭔가 다른 종류의 놀람인 듯했다.

예를 들자면…….

"저들이 무슨 음모라도 꾸민 듯 보이느냐?"

진이현 자신은 알아볼 수 없지만 유청의 눈에만 보이는 뒤틀린 흐름이 있는 건 아닌가 한 것이다.

그것도 아주 황당하고 어이없는 방향으로 흘러가는.

아아, 역시 잘나신 이현 형님.

진유청은 긴 설명을 할 필요 없이 단번에 핵심을 짚어 낸 진이현에게 솔직하게 감탄했다.

"저거 보십시오. 제갈세가와 점창파가 저토록 죽이 잘 맞는 모습은 제가 무림맹에 와서 처음 봅니다."

진유청이 턱 끝으로 자리에서 일어나는 최석을 가리켰다.

"귀물이 있는 장소가 대략 드러났으니, 무슨 행동을 취해야 하지 않겠소이까? 자금산의 두 번째 봉우리라 하면 필요한 건 다 알아낸 것 같으니 말이오. 뒤에 수수께끼가 더 남아 있다곤 하지만, 우리가 할 일을 하는 동안 제갈세가의 가주께서 수수께끼를 해석하고 나온 글자들을 풀이해 알려주시면 되니. 시간을 길게 끌 필요는 없을 것 같소이다."

최석은 사람들을 선동하듯 말했다. 마치, 점창은 참으로 마음이 급하다는 듯이.

만약 진유청이 진실을 몰랐다면, 깜빡 속아 넘어갔을지도 모른다.

귀물에 대한 정보가 밝혀졌고, 귀물에 대한 단서를 쥐고 있는 곳이 제갈세가이다 보니 평소 적대적이던 타 문파에서 제갈건에게 호의를 보이는 것도 일견 이해가 될 일이고.

다른 땐 하지 않는 행동을 하는 점창 장문인 또한 귀물에 대한 욕심 탓에 그럴 수도 있겠다는 범주를 벗어나진 않았으니까.

무엇보다 제갈세가가 이리저리 핑계를 대긴 했어도 그럴싸한 해석 풀이를 내놓지 않았나.

다른 어디도 아닌, 신기(神技) 제갈세가에서.

"이 일이 알려지면 천하에 혼란이 일 터이고, 혈사방에서도 마수를 드러낼 테니 이번만큼은 사천이 합심해 똘똘 뭉치도록 합시다. 귀물이 줄 여러 가지 이득에 대해선 일단. 그것을 얻은 후 공평히 분배하면 될 일 아니겠습니까?”

중도파에서도 열렬히 나서서 호응하는 걸 보니, 아주 작당을 한 모양.

“그렇습니다. 이것은 귀물을 차지할 수 있는 기회이기도 하지만, 네 개로 나뉘었던 무림맹이 하나로 다시 이어지는 결과를 만들어줄 수도 있을 겁니다.”

제갈건이 아예 진호철을 바라보며 말했다.

장보도에 관해선 일절 관여하지 않겠다고 했던 동심회가 체면 구기지 않고 나설 자리까지 만들어 내어 주는 거다.

“하나가 되긴 하겠네. 넷이 갔다 셋이 돌아와 사이좋게 똘똘 뭉치면.”

진유청이 심드렁하게 중얼거렸다.

하나 진실을 꿰뚫어 보는 진유청의 존재를 알고 있을 리가 없는 이들은 이때를 놓치지 않기 위해 계속 이야기를 진행했다.

상대에게 생각할 틈을 주지 않으려는 것처럼, 말이다.

“최대한 빨리 움직여야 할 사안이니, 이렇게 모인 지금 출발 시기와 각 문파에서 차출할 인원과 경로를 논의하는 게 좋겠습니다.”

“점창에선 영한대와 장로들을 보낼까 하오.”

영한대는 점창에서 손꼽히는 강자들이 모인 곳으로, 가장 주력하여 관리하는 곳이었다.

“영한대라면 자격이 충분하지요.”

제갈건이 최석의 말을 받았다. 점창에서 영한대를 언급했으니 다른 문파들도 그에 못지않은 강자들로 구성된 인원을 보내겠다고 외쳤다.

너도 나도 목소리를 높일 때 회의장은 중앙 부근만 조용했다.

“동심회에서는 왜 아무 말씀도 없으십니까?”

제갈건은 그렇게나 눈치를 줬건만 기회도 찾아 먹지 못하는 그들에게 짜증이 났다.

진유청이 인상을 쓰며 벌떡 일어나려는 찰나, 진이현이 동생의 어깨를 짚었다.

그리곤 저가 나서서 입을 연다.

“할 말이 없어서 그러합니다.”

“그게 무슨 말인가?”

할 말이 없다니? 귀물이다. 어떤 보물이 있을지 알 수 없는 장보도가 풀렸고 구체적인 장소가 밝혀졌는데!

“혹시 동심회에선 따로 행동하려는 겐가?”

그건 절대 용납할 수도 없을 뿐더러, 동심회가 그리할

수 있는 명분도 없었다.

장보도에 대한 권리에서도 손을 뗀 상태에, 풀이를 한 것 또한 동심회와는 아무 관련도 없는 제갈세가가 아닌가.

동심회를 향한 적의가 한꺼번에 쏟아져 내리자 진이현이 제 아버지를 향해 고개를 돌렸다.

"유청이와 제 뜻은 같습니다."

그가 방금 유청을 대신해 나선 것은 동생이 저들의 시선에 너무 노출되지 않게 하기 위해서였다.

하나 이제부터는 동심회 전체의 뜻을 알릴 차례다.

두 형제의 아버지이자 동심회의 회주인 진호철과 어르신들이 동심회의 나아갈 길을 선택할 때.

유청의 목소리는 인근에 앉아 있던 이들에게 똑똑히 들렸을 테니, 윗분들의 결정에 도움을 주리라.

진호철이 소림의 목인을 비롯해 부족한 저를 회주 자리에 앉게 한 뒤 지금껏 따라주고 존중해 주었던 이들과 눈을 맞춘다.

지금의 결정은 앞으로 무림맹의 다른 문파들을 대함에 있어 기준이 될 것이기에 중요했다.

함정일지라도 알고 받아주며, 그 안에서 온건한 접촉을 시도해 내부를 바꿔 나갈지, 아니면 저들의 뜻을 완전히 배척하고 동심회의 뜻대로 저들을 휘두르며 움직이게 할지.

전자와 후자의 차이로 동심회의 행동 지침이 완전히 달라질 것이니, 그만큼 중요한 결정이자 선택이었다.

그리고 다행히도.

"뜻대로 하게나. 선(善)을 베풀고 덕(德)으로 지키려 해도, 받아들이는 이에게 그것이 호의(好意)가 되지 않는다면 결국 통(通)할 수 없는 것이니."

소림의 목인이 진호철의 흔들림을 잡아줬다.

무림맹을 아끼는 마음과 희생을 줄이고 싶은 바람으로 이곳을 청량하게 씻어 내리고 싶었으나, 악의(惡意)로 뭉친 이들에게 계속 살점을 내어 줄 수는 없는 노릇.

그야말로 더욱 큰 피를 부를 뿐이라는 걸……

그렇게 해서 흐를 피의 대부분은 자신들의 앞날을 짊어지고 가야 할 어린 제자들과 소중한 사형제의 것일 거라는 걸 모를 만큼 세상에서 벗어난 이는 동심회에 없었다.

그저 저들이, 무림맹의 다른 문파들이 그만큼은 썩지 않았을 거라고 믿고 싶었던 것뿐이고.

이제는 더 이상 저들을 믿을 수 없게 된 것뿐이다.

그 간극의 안타까움이 가슴을 아릿하게 하지만 이 또한 필요한 과정이라면, 이대로 모두 썩어 문드러지는 게 더 나을 리는 없으니까.

세상 모든 걸 품어 안을 수 있는 진유청이란 그릇과 그

그릇에서 물을 떠 현실에 녹아낼 수 있게 하는 진이현이란 그릇에게마저 외면당한 무림맹은 더 이상은 존재할 가치가 없을지도 모른다는 걸. 씁쓸하게 곱씹는다.

모두의 뜻을 수렴한 진호철이 천천히 몸을 일으킨 뒤, 제갈건에게 동심회 전체의 뜻을 밝혔다.

"동심회는 장보도에 아무런 권한도 내세우지 않기로 했던 것처럼 이번 자금산 행에도 참여하지 않겠습니다."

"다시…… 한 번…… 말씀해 주시겠습니까?"

제갈건은 저가 들은 말을 부정했다.

보물이다. 무림인이라면, 사람이라면 욕심 부리지 않을 수 없는, '기대'를 불러일으키는 가치!

그러나 그의 앞에서 벌어지고 있는 일은 진실인 동시에 현실이었다.

"동심회는 보물에 아무런 관심이 없으니, 부디 원하는 걸 얻으시고 몸 조심히 잘 다녀오시길 바라며 무림맹을 지키고 있겠습니다."

그깟것, 제발 당신들이나 많이 먹고 우리한테는 관심 끄시오!

생각한 대로 뱉어내니 이렇게 시원할 수가 없었다.

진호철은 자신을 올려다보는 두 아들을 향해 팔을 뻗으며 속삭였다.

"이 사고뭉치들. 일단 나가고 나서, 엉덩이를 두들겨

줄 것이다. 어디 어르신들에게 말씀도 올리지 않고 이런
자리에서 불쑥 나서는 게냐!”

어조는 사납지만 눈은 웃고 있다.

이런 때 가장 앞에 서 있어야 하는 동심회주란 자리가
가벼울 리 없고, 쟁쟁한 무림명숙들의 살기 찬 시선을 받
아야 하는 위치엔 익숙해질 수가 없다.

제 한마디, 행동 하나에 수많은 생명이 오고 가니 가슴
엔 쇳덩이를 매달아 놓은 양 숨이 턱턱 막힐 때도 있지만.

그래도 진호철은 보기만 해도 배부른 두 아들이 있고
이 아이들을 실망시키지 않는 아버지가 될 수 있어 기뻤
다.

동심회 회주이기 이전에 두 아이의 아버지인 진호철 또
한 자신의 아이들에게 너무 무거운 짐을 지게 하고 싶지
는 않았기에.

세상을 위해 희생하고, 천하의 영웅이어야 할 필요는
없다.

자신의 아들들이 자기들 같은 아들들을 나아 기르며,
자신과 같은 아버지가 될 수 있다면…… 녀석들도 알 거
다.

세상에 부러울 거 하나 없는 아비의 심정을. 세상에 이
보다 더 행복할 수 없는 아비의 심정을.

언제나 녀석들이 원하는 건, 사실 이 아비가 원하는 것

과 마찬가지란 걸.

"나가자."

진호철의 허락이 떨어지자 진유청이 냉큼 일어나 배시시 웃으며 대회의장 밖으로 뛰어가고, 진이현은 아버지를 수행하듯 차분히 곁에 서서 함께 움직였다.

"어딜 가시오!"

"자리에 앉으시오!"

동심회가 대회의장에서 우르르 빠져나가자 등 뒤에서 쏟아지는 질타와 부탁, 적의와 증오가 뒤섞인 눈빛이 화살이 돼 쏘아지지만.

누구 하나 주저하지 않았다.

옳은 결정은 아프더라도, 멈춰져선 안 되는 거니까.

"후회하게 될 것이오!"

점창 장문인 최석의 날카로운 목소리가 쟁쟁 울려 퍼진다.

하지만 후회는 그들의 것이다.

계속해서 주었던 기회를 놓친 것은, 바로 그들이니까!

동심회가 모두 나가고 난 대회의장의 중앙 부근이 휑하니 비어 있다.

동심회에서 이렇게 나올 거라곤 꿈에도 생각지 못했기에 온갖 심혈을 기울여 짰던 계획은 엉망이 되고, 주도적으로 나선 문파들의 입장이 곤란해졌다.

남아 있는 이들의 시선이 제갈세가와 점창, 그리고 화산의 수뇌부에게로 쏠린다.

제갈건은 좌중의 시선을 견디지 못하고 입술을 깨문 채 시선을 내리깔았다.

이번 일로 인해 제갈세가가 받은 타격이 가장 컸던 탓이다.

장보도 해석과 관련해 타 문파에서 받는 압력을 해소할 겸, 수수께끼의 반을 풀어 여덟 개의 글자를 발견했다는 걸 밝힌 후 그걸로 거짓 풀이를 만들어 동심회를 꾀어내자는 의견을 냈다.

자신들이 이미 광서 계림부에 대해 알게 됐다는 사실은 철저히 함구한 채.

그리고 전면에 나서서 수수께끼의 풀이를 오역(誤譯) 해 발표한 것이다.

훗날 동심회가 제거됐을 때 그들을 지지하는 하급 무사들이나 중소 문파들 사이에서 제갈세가의 명예가 크게 실추되고 공격받을 것임을 알면서도.

인의회나 중도파에서도 당장은 자기들 이득에 부합하는 행동이니 호응해 주었지만, 언제 이것이 덫이 돼 그들에게 공격의 빌미를 줄지 알 수 없다 여기면서도.

제갈세가는 많은 걸 얻기 위해, 그 모든 걸 감수하기로 했다.

오직 동심회만이 목적이었다면 제갈건은 어떻게 해서든 제갈인창의 뜻을 막아섰을 터였다.

하나 제갈세가를 위태롭게 하는 적은 현재 동심회만 있는 게 아니었다.

아예 다른 수수께끼를 새로 만들어 이야기를 짜 맞춰 타 문파에 여덟 글자마저 알려주지 않는 방법을 택할 수 있었음에도 그러지 못했던 이유.

그랬다간 장보도 해석에 관한 정보를 주는 정체불명의 인물이 제갈세가의 의도에 의혹을 품고 섣불리 행동할지도 모르기 때문이었다.

하나, 만약 제갈세가가 다른 의도를 가진 게 아니라 순전히 풀이를 잘못된 방향으로 했다면?

풀이를 할 능력이 없다면?

저가 원하는 방향으로 일이 흘러가지 않게 되면 정체불명의 인물은 과연 어떻게 행동할 것인가.

예상외의 사건들은 사람을 흔들리게 하고 결국 흔적을 남기는 법 아니겠나.

제갈세가가 원했던 두 번째가 그거였다. 정체불명의 인물에 관해 알아내는 것!

그가 누구인지, 무림맹 소속인지 아닌지조차 짐작도 할 수 없지만 행사의 용의주도함과 장보도 해석에 관여할 수 있는 능력으로 볼 때, 맹 내에서 이상한 기류가 탐지되면 속을 파고들어 어떻게든 안을 볼 거라 판단했기 때문이었다.

그 정체불명의 인물에게 보라고 거짓으로 뱃속을 열어 보인 건데, 이제 그가 안을 들여다보면 큰일이 나게 생겼다.

사건은 재빨리 사고로 전환돼야 흐름을 잃지 않는 법인데, 저 미친 동심회가 손을 놔버린 탓에 어이없이 상황이 종료되지 않았나.

정체불명의 인물이 커지는 사고를 보며 제갈세가의 노림수를 그쪽으로만 맞췄어야 했는데 그러지 않고 저에게로 돌릴 틈이 만들어졌다.

나중에 보물을 얻어서 한 번에 만회하려 했는데, 이대로는 제갈세가만 더욱 위험해진 꼴이지 않은가!

"말도 안 돼!"

제갈건이 비틀거리다 바닥에 주저앉자 사람들이 몰려든다.

그 광경을 지켜보던 악기태가 제자인 전용후를 향해 비릿한 조소를 던졌다.

"어떠냐. 세상이 그리 만만치 않다는 걸 이젠 알겠느냐?"

그에게 있어선 당장 화산 앞에 쌓인 문제보다 감히 사부인 자신을 배신한 전용후에 대한 증오가 더 컸으니까.

전용후는 이번 일로 화산보다는 점창과 제갈세가가 훨

씬 크게 손해를 봤다는 걸 알지만, 그런 걸로 실패를 변명
하진 않았다.

"아직 끝나지 않았습니다. 아니 시작조차 제대로 하지
않은 참입니다."

그러니 그런 말을 입에 담으시기는 좀 이릅니다.

전용후는 무심한 표정으로 조금의 동요도 내보이지 않
는다.

점창의 최석이 눈가를 파르르 떨다 전용후에게 다가갔
다.

"나 좀 보지, 자네."

전용후가 자리를 옮기는 최석의 뒤를 쫓는다.

악기태는 저에겐 눈길 한 번 주지 않고 전용후를 데려
가는 최석을 죽일 듯 노려봤다.

이제 모두가 안다. 반쪽의 화산이 걸려 있는 권력의 추
가 악기태가 아닌 다른 곳으로 쏠려 있음을.

악기태가 다리에 힘이 빠진 듯 털썩 주저앉았으나 그에
겐 아무도 다가가지 않았다.

그의 곁을 지키던 화산 제자들조차 악기태에게서 뿜어
져 나오는 살기가 두려웠으므로.

"그럼 제갈세가에서 수수께끼의 풀이를 잘못했다는 게
나?"

"풀이는 맞는데 해석을 잘못한 거 같습니다. 아니, 일부러 해석을 틀린 것 같다고 하는 게 맞는 말이겠지요."

진유청이 콧방귀를 뀌며 대답했다.

이것들이 누구를 꾀어내려고 수작질이야, 수작질은!

니들이 그렇게 좋은 게 진짜 있었으면 잘도 동심회를 데려가려 했겠다.

다행히 동심회 사람들이 다들 무욕하고 분수에 넘치는 욕심은 부리지 않으니 망정이지.

귀물에 귀와 눈이 가려졌다면, 진유청이 이건 음모라는 확연한 증거를 대도 모르는 척 늪에 빠져들었을 텐데…….

그 덕에 근거도 없는 진유청의 몇 마디 말을 믿고 주위를 살펴 인과를 따져 보는 걸로도 충분히 발을 뺄 수 있었다.

푸헤헤헤헤헤!

아, 좀 더 있다 나올 걸 그랬나?

엄청 신경 쓴 거 같은데 시도도 못해 보고 단박에 뒤집어졌으니, 얼마나 애가 탈까?

독이 오를 대로 올랐으니 뒤엔 더 난리가 날 테지만…… 어쨌거나 오늘은 저들도 사람이 왜 콧구멍이 두 개인지 깨닫게 될 거라 생각하니 하루 종일 나빴던 기분이 좀 나아지는 거 같았다.

화를 내다 혼자 히죽 웃다 도통 감 잡을 수 없는 아들 내미를 진호철은 요리조리 뜯어봤다.

그냥도 이상한 녀석이, 하는 짓은 어째 더 이상할꼬?

"왜 그러세요?"

"니가 내 아들 유청이가 맞나 싶어 그런다. 글공부와는 별로 인연이 없던 녀석이…… 어찌 그걸 알아챘단 말이냐?"

진호철 자신은 전혀 알아채지 못한 건 둘째 치고, 제갈세가의 해석을 들으며 역시 신기 제갈이라 감탄까지 했건만.

유청이는 그게 잘못된 해석이고, 일부러 틀리게 말했다는 것까지 추측해 내지 않는가.

"그게…… 저도 딱히 설명할 길은 없어요."

진유청도 답은 알지만 문제가 뭔지 어떤 과정으로 풀 수 있는 건지는 전혀 모르지 않나.

장보도를 해석하면 황택올국삼목차홀 그리고 뒤에 여덟 글자가 더 나온다는 것.

그리고 그 모든 걸 다 풀어야만 광서 계림부에 있는 용반산이 등장한다는 것!

거기까지가 진유청이 알고 있는 전부다.

그러니까 그만 좀 보실래요?

이러다 얼굴 뚫어지겠습니다.

어느새 진호철만이 아니라 동심회의 어르신들이 모두 저만 바라보고 있자 진유청이 손사래를 쳐서 제 얼굴로 향해 있는 시선을 흐트러트렸다.

"어찌 그런 게 가능할꼬?"

진호철이 의문을 거두지 않자 진유청이 움찔했다.

없는 걸 파낼 수도 없는 노릇이고, 그렇다고 제갈세가처럼 없는 걸 그럴 듯하게 만들어낼 재주도 없고.

"제, 제가 신선(神仙)이잖아요. 소신선. 그, 그 정도쯤이야 뭐…… 헤헤헤!"

진유청은 으레 그러듯 제 무덤을 제가 팠다.

앞으로 이 일로 얼마나 놀림을 당할까.

게다가 스스로 인정했으니 자신은 정말 빼도 박도 못하고 이제 이들 앞에선 신선이 돼야 했다.

"맞네. 우리 소신선이니 가능한 일 아니겠소이까. 보는 순간 옳고 그른 흐름을 판별할 수 있는 능력, 말이오."

그런 대단한 능력 따윈 절대 없지만, 그렇게 봐주니 아주 고마웠다.

말도 안 되는 장황한 설명을 더 이상 늘어놓지 않아도 되게 생겼으니 말이다.

진유청은 모르는 척 청기자의 말에 묻어가기로 했다.

그가 아무 반박도 없이 가만히 있자 주위 사람들 또한

대충 납득한 듯.

"유청이는 심안으로 세상을 보니 충분히 그럴 수도 있겠구려."

소림 방장님씩이나 되는 분까지 별 무리 없이 넘어가는 걸로 봐선, 진유청 자신이 저들에게 어떻게 보이는지 감이 온다.

그나마 진가장에서 같이 시간을 보냈던 이들은 좀 덜하지만 나중에 만난 이들은 확실히 진유청 자신에 대해 크게 오해하는 부분이 많았다.

"그나저나 오늘 일로 인해 저들과 완전히 갈라섰으니 앞으론 조심해야겠구려."

목인이 주의를 줬다.

여태까지도 문제가 없진 않았으나…… 이젠 차원이 달랐다.

저들이 본격적으로 음모를 꾸며 동심회를 제거하기 위한 시도를 하지 않았는가.

"이렇겐 끝나지 않을 거예요."

진유청의 말에 모두가 고개를 끄덕였다.

저들은 이제 막 시작했을 뿐이라는 걸 모두가 느끼고 있었으니까.

그리고 더는 봐주거나, 물러나지 않을 것이니.

진유청의 얼굴이 굳어 있자 진이현이 녀석의 머리 위에

손을 올렸다.

걱정하지 말라는 듯이. 자기를 믿으라는 것처럼.

별다른 말없이 얹어진 두툼한 손바닥에 정수리가 따뜻
해지며 진유청의 마음이 든든해졌다.

第六章

황제의 사람!

“무슨 일로 폐하께서 전하를 부르셨을까요.”

서경왕 주익을 황자 시절부터 모셔온 호위무사 이양수의 얼굴이 어두웠다.

황자의 난 이후 황제의 자리에 오른 주찬성은 단 하나 남은, 아니, 정확하게 말하자면 남겨둔 동생 주익을 잊은 듯 묻어두었다.

간혹 입궁할 일이 있어 궁에 든 주익이 인사를 올리기 위해 찾아가도 그냥 돌려보내기 일쑤였으니.

“혹시, 왕부에 드나드는 이들이 많아진 것 때문에…….”

근래 왕부를 찾는 손님이 늘었다. 그만큼 주익도 외부 활동이 잦아졌고.

황제는 저가 가진 권력에 도전받는 걸 절대 용납하는 이가 아니니, 그런 주익의 행동에 불쾌함을 느꼈을 수도 있었다.

누가 뭐래도 주익은 황위 계승권을 가진 이었고, 황태자와 더불어 옥좌 가장 가까이 서 있는 황족이었으니까.

"그럴 가능성이 가장 높지."

"그렇다면 위험하지 않습니까?"

이양수가 한층 목소리를 낮춰 주익에게 말했다.

그는 주익이 명을 내리기만 한다면 이대로 왕부로 돌아가 황제의 분노를 피할 방비를 할 참이었다.

"아니다. 폐하께서 이미 날 쳐내기로 결정하셨다면 도망치기엔 너무 늦었지."

한 발 먼저 움직여도 모자랄 판에, 입궁해 대전으로 가고 있는 길이 아닌가.

이제 와 섣불리 방비를 하려 들었다간 그를 더 자극하는 게 될 뿐.

"그럼 어찌하지요?"

"일단 가봐야지. 그 일 때문에 나를 부르신 건지, 아니면 다른 이유가 있는 건지 들어봐야 알지 않겠느냐."

"네."

저가 너무 흐트러진 모습을 보인 건 아닐까 싶었던 이양수가 고개를 숙이며 대답했다.

서경왕 주익은 이양수에게서 시선을 뗀 뒤 다시 걸음을 내디디며 나직하게 중얼거렸다.

"아무리 머릴 싸매고 고민한다 해도 천하에 누가 있어 그분의 속내를 짐작할 수 있을까."

현 황제의 난폭한 심성과 변덕스러운 성격은 언제나 다른 이들의 예상이나 추측을 단번에 뭉개 버리곤 했으니까.

급박한 상황임에도 주익의 무표정한 얼굴엔 긴장감이 없었다.

이양수는 자신의 주인이 담대하여 이 정도 위기는 아무렇지도 않아서 저럴 수 있는 게 아니란 걸 안다.

황자의 난이 일어난 삼 년 동안 황태자를 시작으로 하여 막내인 칠황자 주경후까지. 주익은 형제 여섯을 잃었다.

다섯은 죽임을 당했고, 남은 한 명이 바로 그들을 죽였다.

그러니 주익이 형제라 부를 수 있는 이는 세상에 아무도 없는 것이다.

삼 년이란 시간 동안 주익도 극한의 두려움을 경험했다.

언제 어떤 꼬투리를 잡혀 죽임을 당할지, 황족으로선 견딜 수 없는 오명을 뒤집어쓰고 사라지게 될지 알 수 없었으니 당연한 일.

다른 형제를 돕는 건 상상도 못했다. 그저 자신의 차례가 오기까지 눈을 질끈 감고 두려워해야 할 뿐.

그 삼 년의 시간이 주익이 마땅히 가져야 할 삶의 희노애락(喜怒哀樂)을 무뎌지게 했다.

삶에 대한 집착이 없는 건 아니지만, 언제 죽어도 그저 그때 왔어야 할 것이 조금 늦게 온 것뿐이라 여기고 덤덤히 받아들일 준비가 이미 돼 있다는 뜻이었다.

"전하……."

고귀한 혈통을 타고 태어났기에 겪어야 했던 주익의 아픔을 모두 지켜봤던 이양수가 입술을 질끈 깨물었다.

"어서 가자. 당신의 부름에 내가 늦을 수 있을 거라곤 상상도 하지 않을 분이시지 않느냐."

그의 형님은 참으로 무서운 사람이었다.

과거에도 그랬고, 지금도 그러며, 아마 앞으로도 그럴 테지.

하나 주익은 멈추지 않을 거다.

이번에 맞이할 끝은 적어도, 자신으로 인한 것이니까.

주익이 고집스러운 입매가 굳게 다물렸다.

"폐하, 부르셨사옵니까."

서경왕 주익이 황제 앞에 머리를 조아렸다.

"그래, 잘 지냈느냐?"

"폐하께서 걱정해 주신 덕에 평안하였사옵니다."

외워둔 말을 읽듯 고저 없이 이어지는 주익의 대답에 옥좌에 등을 깊숙이 파묻고 앉아 있던 황제의 입가가 말려 올라갔다.

"근자에 서경왕부가 왜 그리 시끄럽냐고 물었을 때에 대비한 대답도 미리 준비해 두었느냐?"

머리 위로 떨어진 황제의 물음에 주익의 낯빛이 굳었다.

역시 그건가?

"그것은……."

"됐다. 그동안 서경왕부는 필요 이상으로 조용했으니, 이 정도 소란쯤이야 잠시 내 귀를 닫아두면 그뿐. 설마 내가 하나 남은 내 동생이 무덤 속에서 살아가길 바란다 생각하는 건 아니겠지?"

"그럴 리가 있겠사옵니까. 폐하께서 이리 넓게 품어주시니 감사할 따름입니다."

주익의 이마에서 흘러내린 땀방울이 바닥으로 뚝, 떨어졌다.

"오늘은 대전 안이 갑갑하구나. 오랜만에 산책이나 함께하자꾸나."

황제가 옥좌에서 몸을 일으켜 단상 아래로 내려왔다.

계단 하나, 하나를 딛고 평평한 지면 위에 선 그가 주익의 앞으로 다가갔다.

주찬성이 황제가 된 이후 처음으로 같은 곳에 발을 딛고 있는 것이다.

"뭐하느냐?"

황제가 주익의 몸을 바로 세워준 뒤, 먼저 대전 밖으로 나갔다.

주익이 잰걸음으로 그의 뒤를 따랐다.

주익의 기억 속 그것과 한 치도 다르지 않은 풍경이 눈에 들어왔다.

"그렇지 않느냐?"

"네? 뭐라 하셨는지……."

주익은 어머니께서 좋아하셨던 꽃과 풀, 그리고 돌들을 물끄러미 바라보다 황제의 이야기를 듣지 못했다.

주익이 시선을 바닥으로 떨어트리자 괜찮다는 듯이 손사래를 친 황제가 화려하게 핀 붉은 꽃송이에 손바닥을 갖다 댔다.

여린 꽃잎이 손바닥을 간질이자 그가 눈가에 주름을 잡으며 웃었다.

옛 생각이라도 하는 건가?

주익은 고개를 휘휘 저었다.

황제에게 그리워할, 다시 되돌리고 싶은 추억이라는 건

절대 있을 수 없을 것이다.

저가 지닌 모든 것에 제 손으로 피 칠을 하고 만인지상의 자리에 오른 이가 아닌가.

그에게 있어 과거나 추억은 모두 그 스스로의 죄를 되돌아볼 짐이 될 뿐인 것을.

하나 황제는 언제나와 같이 주익의 예상을 뛰어넘었다.

"내 방금 물었던 것은 모후께서 돌아가신 후에도 그분이 계실 때와 조금도 다르지 않게 관리하라 일러두었더니, 정말 그대로이지 않냐 하는 거였다."

"……네. 정말 그러하옵니다."

대답하는 주익은 저도 모르게 눈꼬리가 잘게 떨리며 멈추지 않았기에 얼른 고개를 다른 곳으로 돌려야 했다.

"어젯밤 꿈에 아주 오랜만에 모후를 봤더니 그분 생각에 다시 잠을 청하기가 어렵더구나."

막내인 경후를 살려 달라 외치며 피를 토했던 어머니를 뿌리치고 궁을 나서서 결국 그 어린것을 죽이고야 만 형님의 꿈에 나타난 그분은…… 어떤 얼굴을 하고 계셨습니까.

주익은 묻고 싶었지만 물을 수 없었다.

대신 그는 다시 황제를 직시하며 더 이상 그를 피하지 않았다.

"모후께선 너를 특별히 아끼셨지. 환성이 처음 궁에 들

어왔을 때 그를 보고 마음에 들어 하시어 황자의 친구가
돼 달라 친히 청하신 후, 너를 불러 소개해 주시지 않으셨
더냐."

분명 그랬었다.

다만 환성은 말수가 적고 고집이 센 평범한 친구보다
는, 세상을 움직이고 변혁을 불러일으킬 불같은 주인을
더 마음에 들어 했다.

아니, 그 정도가 아니라 저가 가진 모든 걸 바쳐 그를
주인으로 세우고 주인이 만들어갈 세상을 함께 보고 싶어
했다.

그래서 사실 주익은 그때엔 환성과 별다른 친분이 이어
지지 않았었다.

처음 몇 번 이황비의 초대로 환성과 만나긴 했었지만
그는 이내 주찬성과 친해져 그의 심복이 됐으니까.

"다 지나간 일이옵니다. 그는 폐하의 충복이오, 온전히
폐하의 사람이 아니 옵니까."

주익은 일부러 어머니에 대한 말은 입에 담지 않았다.

황제 또한 더는 이황비에 대해 언급하지 않고 넘어간
다.

"그렇지. 나를 위해 가문도 버리고, 제 목숨마저 아낌
없이 던졌던 둘도 없는 친구이자, 충신이지."

황제가 동의하자 주익이 속으로 안도했다.

갑작스레 환성의 이야기를 꺼내는 게 심상치 않아, 서경왕부와 환성의 관계를 눈치챈 건 아닐까 싶어 염려하던 차였다.

한데 황제가 여전히 그를 총애하고 있음이 그의 말속에 고스란히 녹아 있지 않은가.

"그러니 새겨들어라. 같은 잘못을 해도, 환성은 살려줄 수 있지만. 너는 아니란 것을."

주익이 고개를 번쩍 들었다.

황제가 손안에 희롱하고 놀던 붉은 꽃송이를 움켜쥐고 있다!

"요즘 연이상단에 문제가 있는 것 같은데, 혹시 환성이 네게 도움을 청하였느냐?"

이어진 황제의 물음에 주익은 고민하지 않고 즉각 대답했다.

황제가 이야기한 틀 안에서 그의 심기를 가장 건드리지 않는 방향으로.

"네, 폐하. 무림인들은 거칠고 난폭해 아무래도 일을 처리하기가 쉽지 않았던 모양입니다. 폐하께 심려를 끼치고 싶지 않다며 부탁을 하는데 차마 거절할 수가 없었습니다."

"그랬겠지. 네 목숨은 그가 살려준 거나 다름없으니까."

모두 죽이면 그 피 값이 두 배가 될 터이지만, 하나라도 살려두면 반이 될 거라 했던가?

시간이 흘러 뒤돌아 봤을 때 피의 무게가 가슴을 짓누르면 살아 있는 하나에게 다른 이들에게 베풀어야 할 것을 베풀며 살아가면 된다 했다.

이유는 그러했지만 아마도 환성은, 칠황자 주경후의 죽음으로 충격을 받고 쓰러져 일어나지 못한 이황비에 대한 죄스러움을 주익을 살려줌으로서 갚으려 했던 것이리라.

"환성에게 폐하께 그간의 사정을 고하라 이르겠사옵니다."

황제 앞에서 숨겼던 일이 탄로 났을 때 다른 이었다면 벌써 당사자는 목이 잘리고 주변엔 피바람이 불었을 것을.

환성이기에 황제는 직접 불러들여 문책하지 않고, 주익을 입궁시켰던 것이다.

그러니 아마도 황제가 원하는 건 크게 말이 나와 환성의 입장이 곤란해지기 전, 환성이 스스로를 제어하지 못하고 더 큰 죄를 짓기 전.

주익 자신이 멈추게 만들라는 거겠지.

설마 그것이 황제의 명령을 따르기 위해 무리하게 일을 벌이다 터진 문제들이 아니라, 반역을 위해 내려 두었던 포석이 잘못돼 헝클어진 탓이란 건 전혀 상상도 못한 채 말이다.

　그래서 주익은 황제 앞에서 처음으로 승자가 된 것 같은 기분이 들었다.

　그런데 황제는 주익을 더욱 기쁘게 해주려는 모양.

　"됐다, 그에게는 알리지 마라."

　"그게 무슨……?"

　"그가 연이상단에 얼마나 심혈을 기울였는데. 그게 흔들리니 저도 당황되고 화도 났겠지. 오죽했으면 서경왕부에 찾아가 도움을 청했을까."

　황제 주찬성이 남과 입장을 바꿔 생각을 해봤다니. 주익은 오늘 자신이 참 여러 번 놀란다고 생각했다.

　황자 시절부터 그와 함께 있으면 언제나 겪는 일이지만, 아직도 익숙해지지 않았다.

　"그렇다면 이대로 묻어두는 게 낫겠사옵니까?"

　"아니."

　"신은 폐하의 의중을 헤아릴 수가 없사오니…… 하명을 기다리겠습니다."

　"계속 지금처럼 하여라."

　"지금처럼이라 하면……?"

　몰래 환성을 돕고, 그와 함께 일을 진행하라는?

　"그래. 환성이 원하는 건 무엇이든 해주어라. 서경왕부의 힘으로도 안 되는 게 있다면 입궁해 내게 아뢰고. 다만 태자가 연이상단의 뒤를 캐겠다며 저가 데리고 있던 이들을 무림에 내보냈으니, 내가 이리 연이상단에 힘을 실어 준 일이 알려지면 궁이 시끄러워질 게야. 그러니 조용히 처리하여라."

이것은 기회였다.

연이상단에 닥친 어려움을 해소하는데 큰 도움을 줄, 절대 생각도 못했던 말!

그런데도 주익은 웃을 수 없었다.

즐겁지가 않았다.

세상 모든 것에 가차 없이 냉혹하여 부모도 형제도 버린 황제는 오직 한 사람, 환성에게만 봄날의 바람처럼 상냥하고 다정하고.

저가 바란 주인이 천하에 우뚝 서는 모습을 봤고, 그에게 더 없는 총애를 받으며 모든 걸 가진 환성은 반역을 꿈꾼다.

죽은 자는 죽어서 불쌍한데, 산 자는 살아도 행복해질 수 없으니.

황궁이란 원래가 그렇게 생겨먹은 곳이던가.

사람이 사람으로 살아갈 수 없는 곳.

황제는 하늘이 내린 자니, 황위는 사람은 오를 수 없는 자리이라.

"자네는 내가 왜 이러는지 이해가 안 되나 보군."

"아니옵니다. 폐하께서 하시는 일이온데 어찌 제 좁은

눈으로 재단을 하려 하겠사옵니까.”

주익은 표정을 읽혔다는 걸 깨닫고 재빨리 감정을 지웠다.

“하하하! 황자 시절에 비하면 많이 나아졌어. 자네는 오래 살고 싶은 모양이군.”

아니면 그보다 더한 욕심으로 감추고 싶은 비밀이 있던지.

황제의 형형한 눈빛이 저에게 쏟아지자 주익이 차마 눈을 들지 못한다.

그의 난폭함과 포악한 성정은 황자 시절 그를 궁지로 몰아넣고, 그의 적들에게 공격의 빌미를 제공했지만……
그가 지닌 제왕의 자질과 맞닿아, 원하던 황제의 자리에 앉자 무소불위의 권력을 휘두르는 그를 지켜주는 힘이 됐다.

“내가 환성을 왜 이리 아끼는지 자네는 아마 모를 걸세.”

“제가 어찌 그 일을 모르겠습니까.”

“아니. 그 때문만은 아니네.”

황제는 이황비의 정원을 왼편에서부터 쭉 훑다가 시선이 끝나는 지점이 되자 나직한 어조로 말을 이었다.

“선대 황제께선 태자 전하를 아끼셨지. 황태자만이 그의 자식이라 여겼다. 모후께선 말수가 적고 낯을 가리는 너를 안타까워하고, 막내인 경후를 품에서 놓질 않으셨지."

"폐하, 그렇지 않사옵니다. 모후께선……."

주익은 황제가 속내를 드러내자 당황했다.

"됐다. 입에 발린 소린 듣고 싶지 않으니. 어차피 나는 상관없었다. 다만, 내가 가장 원하는 걸 얻기 위해 나를 던지고 모든 걸 잃었을 때 아무도 나를 돌아봐 주지 않았다. 아바마마도 어마마마도, 사람 좋은 얼굴을 하고 있던 큰형님도 약속을 어기고 제자리를 넘본 나를 용서하지 않았지. 그때 어둠 속에 던져진 나를 구하기 위해 환성이 왔다. 닫힌 문이 열리고 빛이 새어 들어왔지. 그가 나를 위해 모든 걸 버렸기 때문에 그를 위하는 게 아니다. 모두가 나를 버렸을 때 그만은 내게 달려와 주었기 때문인 거지."

황제가 흐드러지게 핀 꽃봉오리들 위를 손바닥으로 훑었다.

아까 손에 쥐고 있던 붉은 꽃잎은 짓이겨 바닥에 떨어트린 채로.

"그가 원하는 건 다 해줘라. 하고 싶은 건 모두 할 수 있도록. 그게 상처를 덮을 수 있는 길이라면 한 번쯤 천하가 흔들린다 해도, 내 눈을 감아주도록 하지."

그 말을 끝으로 황제가 주익에게서 완전히 등을 돌렸다.

더 이상의 대화는 불허한다는 듯이.

주익이 허리를 숙여 황제에게 인사를 남긴 뒤 정원을 나간다.

홀로 남은 황제는 꽃향기를 맡으려는 듯 상체를 조금 굽혔다.

"그래야 이번에도 멈춰 서지 않고 달려오겠지. 안 그러냐?"

그의 입술이 달싹이며 뱉어진 숨에 흔들린 꽃봉오리가 꽃잎을 희미하게 떨어 대답을 대신한다.

"황제의 말에 머리만 끄덕이다니, 사람이었다면 목을 잘랐을 게다."

황제가 피식 웃으며 꽃봉오리를 손으로 집었다.

그리고 강하게 움켜쥐었다.

황제, 세상 만물이 그 앞에 무릎 꿇고 경배해야 하는 옥좌의 주인.

그는 자신보다 이 자리에 더 어울리는 이는 없을 거라 여겼고, 그것은 확실히 사실인 듯했다.

주인의 갑작스러운 입궁으로 소란스러웠던 서경왕부가 무사히 되돌아온 주익으로 인해 다시 안정을 찾았다.

소식을 전해 들은 환성 또한 걱정스러운 마음에 왕부를 찾았다가 그만 듣지 않는 편이 나을 뻔했던 얘기를 귀에 담게 됐다.

"……정말 그분께서 그리 말씀하셨단 말입니까?"

"그렇다네."

"하아."

환성이 앞에 놓인 찻잔을 두 손으로 감싸 쥐며 나직한 한숨을 뱉어냈다.

그럴 수밖에. 무슨 말을 할 수 있으리?

"뜻이 무뎌졌다면 얘기하게나."

덤덤한 표정의 주익이 찻물로 입술을 축였다.

"제가 흔들리는 것처럼 보이십니까?"

"일전 자네가 언급했던 나쁜 놈의 사정이란 게 얼마나 대단한 건지는 알 수 없지만. 그분이 자네에게 베푸는 마음이 이토록 각별하니 자네 또한 편치 않을 게 아닌가."

"제가 빠지면 전하께서도 아무 일도 없었다는 듯이 물러나실 작정이십니까?"

주익이 이 일에 끼어든 건 오로지 환성 때문이었다.

목숨을 구함받은 은혜를 갚기 위해서.

하지만 시간이 너무 많이 흐르지 않았나.

"몇 년 전이라면 그리했겠지."

호랑이 등에 올라탄 형국이라 내리고 싶어도 내릴 수 없는 그런 게 아니라, 주익은 거기서 내려가고 싶지가 않았다.

그러면 또다시 되돌아가야 하니까.

아무것도 제 손으로 하지 않고, 하지 못하는 때로.

황제가 되겠다는 크나큰 야망보다는 그 사실이 주효했다.

황제의 눈치를 보며, 목숨을 부지할 수 있다는 것에 만족해 조용히 고사되는 삶 말고도 자신에게 선택할 수 있는 길이 더 있다는 것.

"……저도 그렇습니다."

환성은 웃었다.

온화한 눈매가 은은히 붉어지지만 그는 끝까지 입가에 띤 미소를 거두지 않았다.

되돌아가기에 너무 늦은 건, 서경왕 주익만이 아니었다.

찻잔으로 눈을 내리깔아 환성이 저를 추스를 시간을 준 주익이 말을 돌렸다.

"그들에게서 연이상단으로 연락이 왔다지?"

"함께 사냥해 볼 생각이 없냐 하더군요."

"사냥이라. 그 사냥감이 아직도 먹음직스러운가?"

황제가 뒤를 봐준다면 굳이 초린대에게 신경을 쓸 필요가 있을까 하는 거다.

"먹음직스러운 정도가 아니라 훗날을 위해 꼭 잡아야만 하는 사냥감입니다. 폐하께서도 따로 언급을 하셨다 하시지 않았습니까?”

“그러니 더 말일세. 궁이 시끄러워지지 않게 조용히 일을 처리하라 하셨는데, 초린대를 제거하면 오히려 일이 커질 게 아닌가?”

“일이 왜 커지겠습니까? 황태자의 수족 중 하나를 잘라 내면 그가 제 몸을 추스르는데 전력을 쏟지, 그 상황에서 저를 물어뜯기 위해 기력을 소모하겠습니까?”

황태자 주태민은 왕재다.

일의 선후를 구분할 줄 알았다.

“하긴, 폐하께서도 그렇게 되면 환성 자네의 편을 들어주실 테니 문제는 없겠군.”

증거만 남기지 않으면 말이다.

“아마 그래 주시지 않을까 생각합니다.”

그렇게까지 말했다면, 환성이 무얼 하든 등 뒤엔 황제가 서 있다고 봐도 무방하리라.

“하긴. 초린대의 존재 자체가 언제 후환을 불러일으킬지 모르니 치울 수 있을 때 치워두는 게 나을지도 모르겠군.”

언제 연이상단의 약점을 잡을지 알 수 없는 데다 당장은 동심회가 있어 인의회에서 섣불리 초린대를 건드리지 못하고 있지만, 혹여 상황이 달라져 인의회에서 초린대를 포섭하거나 잡게 되면 곧장 연이상단을 협박하는 수단이 될 것이다.

"네. 인의회에서 먼저 결정을 내려주었으니, 따라주는 게 모양새가 괜찮겠지요."

"동심회의 힘이 그만큼 크다는 뜻이니, 잘됐다고만 하긴 어렵군."

인의회에서 끝내 초린대에 손을 댈 수 없었을 만큼 말이다.

"동심회는 어차피 무림맹 내에서 고립돼 있고, 외부에선 혈사방이 그들을 지켜보고 있으니 크게 문제가 되진 않을 겁니다."

"혈사방이라……."

주익이 혼잣말을 중얼거린다.

작은 아이의 얼굴 하나가 떠올랐기 때문이다.

"원형을 생각하십니까?"

"좀 더 엄하게 가르칠 걸 그랬네."

"충분히 엄하셨습니다. 그 이상 하셨으면 원형이 불쌍했을 겁니다."

주익이 얼마나 이원형에게 차갑고 무서운 양아버지였는지 잘 아는 환성이 고갤 저었다.

하지만.

"내 그때도 말했지만, 자네는 아이를 키워본 적이 없어서 모르는 것 같네. 원형은 자질도 별로인 데다 심성까지

나약하다네. 그런 아이 앞에 놓인 운명은 보통 사람들보
다 더 사납고 거칠기까지 하니, 회초리로 때리고 등을 떠
밀어서라도 억지로 배우고 익혀야 그걸 밑천 삼아 조금이
라도 더 오래 버티며 살 궁리를 할 수 있지 않겠나. 마냥
귀여워하고 아끼기만 하는 건 그 아이를 위하는 게 아니
라니까."

여전히 가차 없는 평가에 혹독한 훈육관이다.

"너무 걱정하지 마십시오. 원형은 잘 버티고 있습니
다."

환성의 시선이 찻잔을 감싸고 있는 제 손으로 향했다.

그토록 차갑고 냉랭하게 자신을 거부하던 아이가 자신
이 다친 걸 알자마자 울먹이며 숙부라 불렀다.

적설 사군평이 세 치 혀로 아이를 현혹하여 눈과 귀를
잠시 막을 수는 있어도 마음까지 얻지는 못한 거다.

그 사실이 환성에게 얼마나 위로가 됐는지. 그를 버티
게 할 힘이 되게 했는지 아마 원형은 모를 거다.

"그렇다면 다행이고."

주익이 고개를 끄덕였다.

"우선 초린대를 제거한 뒤, 증거도 없이 연이상단을 핍
박한 걸 빌미로 황태자의 세력을 억제해야겠습니다. 그리
고 안정이 되면 그땐 혈사방 내부로 파고들어야지요. 원
형이의 입지를 단단히 굳혀 흔들리지 않게 해주면 아이의

안전도 보장되고, 연이상단도 혈사방을 기반으로 삼아 한 층 더 강해질 수 있을 겁니다."

황제의 도움 없이도 상황을 좌지우지할 수 있을 만큼.

"자네 말대로만 되면 더 없이 좋으련만."

"되게 만들어야지요. 하늘이, 아니, 하늘이 내린 분이 우릴 도와주고 계시지 않습니까."

천자(天子). 하늘을 대신해 천하를 다스리는 사람, 곧 황제다.

자신은 하늘을 찢을 검, 파천(破天).

지금은 땅으로 검끝을 내리고 있지만, 언젠가는 하늘을 향해 검끝을 치켜들리라!

그것이 자신을 보호하며 감싸주는 세상의 전부라 해도, 마지막 순간까지 검을 든 손에 힘을 빼지 않으리.

절대로!

"차가 식었네."

주익이 환성이 한참이나 마시지 않고 움켜쥐고 있기 만 한 찻잔에 담긴 찻물을 갈아주려 하지만 그가 괜찮다는 듯 고갤 저었다.

뜨거운 것보다는 찬 기운이 필요했다.

속에서 치민 무언가로 목이 타올랐으니까.

환성은 식은 찻물을 단번에 들이켰다.

第七章

새로운 수련생!

"뭔가 낚일 때가 됐는데?"

두근두근하며 기다리고 있는데 입질이 없으니 김이 빠진다.

세상이 유청 자신에게 하루 종일 시비를 걸었던 그날, 그는 물론 동심회 식구들 모두 단단히 마음을 먹었기 때문이다.

이제부터는, 걸어온 싸움은 피하지 않겠다고!

근데 왜, 싸움을 안 거니?

작정을 하고 눈을 부라리고 있으니 이것들이 조용히 입을 다물어 버렸다.

아니면 아직도 그날의 충격에서 벗어나지 못했나?

진유청이 왼 손바닥을 제 입술 앞에 갖다 대며 풋, 하고 웃었다.

아, 다시 생각해도 정말 재밌었다.

남경 자금산의 두 번째 봉우리라니, 대체 누구 발상일까?

짐작컨대 그만큼 말을 맞추려고 머릴 굴릴 만한 족속은 무림맹에서 제갈세가뿐일 것 같지만 말이다.

그들의 음모가 단박에 와르르 무너진 건 속이 시원하지만, 어쨌든 제갈세가가 장보도의 수수께끼를 푼 건 사실이라 이거지.

어쨌든 이번 일 덕분에 현재 돌아가는 상황에 대한 윤곽이 잡히기 시작했다.

몇 개 이가 빠진 부분만 더 맞춰지면, 그때는 어느 정도 정리가 되리라.

이런저런 생각을 하던 진유청이 고개를 설레설레 흔든다.

무림의 얽히고 꼬인 상황을 떠올리다 보니 문득, 뭐 이런 거지 같은 단체가 다 있나 싶었던 거다.

"에휴, 이놈의 무림맹은 진짜 겉만 번지르르하지, 완전 동네북이야."

정작 싸워야 할 놈들한텐 뒤통수나 맞고 다니고. 그러면서도 그들의 실체를 확실히 모르니, 자기들은 그저 서로를 이용해 이득을 취하는 것뿐이라고 스스로를 정당화하면서 나불나불.

함께 싸울 한편끼리는 만날 못 잡아먹어 안달을 하고, 앙살을 부리면서 말이다.

이건 마치 밖에 나가면 꽁지도 못 펴는 개가 집에만 오면 사납게 이를 드러내는 거나 마찬가지 아닌가!

완전 꼴사나운 모습.

"쩝. 그러고 보니 남 흉볼 때가 아니군. 이제 진창에서 같이 뒹굴어야 할 처지니."

이유야 다르지만, 누군가를 상처 입히고 누군가의 피를 봐야 한다는 건 같으니까.

물론 그 이유란 게 서로를 가르는 가장 큰 차이가 될 테지만.

"유청이 넌 혼자 뭘 그렇게 구시렁거려?"

함께 걷던 한수가 유청의 어깨를 제 어깨로 툭 건드리며 물었다.

"그냥. 왜 이렇게 조용한가 싶어서."

말이 끝나기가 무섭게.

"얘들아, 큰일 났어!"

오현이 목소리 아냐?

유청과 한수가 동시에 고갤 돌렸다. 저편에서 권오현이 거품 문 말처럼 자신들을 향해 달려오고 있는 게 보였다.

"이걸 기다린 거냐?"

한수가 눈가를 찡그리며 묻자 유청이 말도 안 된다는 듯이 손사래를 쳤다.

하여간 저놈의 하늘!

유청이 콧잔등에 주름을 잡아 올릴 때 숨넘어갈 것처럼 달려오던 오현이 다시 한 번 외쳤다.

"우리 방에 문제가!"

뭐?

유청은 뒷말을 기다리지 않았다.

벌써 뒷모습이 흐릿해진 유청을 대신해, 한수는 자신이 있는 곳을 향해 달려오는 오현을 향해 짓쳐 들었다.

"어어?"

이러다간 한수와 정면으로 부딪칠 거 같단 위기감에 오현이 다급히 속도를 줄였지만 가속이 붙어 있는 상태라 완전히 멈추진 못했다. 게다가 마음이 급하니 다리까지 뒤엉켜 앞으로 구르기 직전의 상태가 된다.

한수는 어느새 그런 오현에게 바짝 다가가 넘어질 뻔했던 녀석의 팔을 덥석 잡아 몸을 바로 세워준 뒤, 녀석의 팔을 잡고 있는 제 팔을 오현의 머리 위로 치켜든 다음 반원을 그렸다.

달리던 방향에서 반대가 되자, 오현의 눈에 저가 달려온 길이 보였다.

“가자.”

한수는 여전히 오현의 팔을 잡은 채로 다리에 힘을 주었다.

권오현은 발이 땅에 제대로 닿기도 전 반쯤 나는 자세로 한수에게 끌려갔다.

오현이 녀석의 입에서 ‘우리 방’이란 말이 나왔다면, 그건 상방 오호가 틀림없고. 그 방에 문제가 생겼는데 권오현 혼자 달려왔다면…….

제갈영은 그 방에 남아 있다는 뜻이 된다!

그러니 지체할 시간이 없었다. 그 되바라진 꼬맹이도 이제 유청에게 딸린 군식구나 마찬가지였으므로.

“끄응…….”

진유청의 입에서 앓는 소리가 새어 나왔다.

“형님, 형님! 무서웠어요.”

제 다리를 붙잡은 채 절대 놓지 않는 제갈영 때문은 아니다.

귀찮고, 무겁고, 상당히 짜증스럽지만 차 버릴 정도는 아니었으니까.

“무슨 일이야? 영이는 괜찮고?”

오현을 데리고 한 발 늦게 도착한 정한수가 입구를 막고 서서 들어가지도 나오지도 않고 있는 진유청에게 물었다.

진유청이 상체를 약간 뒤로 뉘이며 턱으로 아래쪽을 가리켰다.

방 안쪽에서 바닥에 배를 대고 상반신만 겨우 든 채 양팔로 유청의 다리를 껴안고 있던 제갈영이 저를 내려다보고 있는 정한수와 눈이 마주치자 멈칫한다.

제갈세가의 공자님씩이나 되는 자신이, 오현이도 아니고 유청 형님도 아닌 사람 앞에서 이런 꼴을 보이는 게 당황스러웠던 모양.

"이게 대체 무슨 일이야?"

정한수가 미간을 찌푸리다 원래대로라면 유청의 침상이었을 자리에 앉아 있는 낯선 인형을 발견했다.

너무 정신이 없었던지라 인근에 있는데도 기척을 읽지 못한 듯.

저가 보고 있는 게 진짜인지 몇 번이나 확인한 정한수가 애들에게 물었다.

"저게 왜 여기에…… 있냐?"

권오현과 제갈영이 자기들도 궁금하다는 듯 고개를 붕붕 저었다.

미간을 찡그린 정한수가 질문을 바꿨다.

"언제부터 여기 있었는데?"

"모르겠어. 수련 가기 전엔 분명 영이 혼자 자고 있었는데 갔다 와보니 영이는 새파랗게 질린 채 벽에 딱 붙어 있고, 건너편엔 저……분이 앉아 있더라고."

저분 좋아하시네.

옆에서 함께 듣고 있던 진유청이 한숨을 푹 내쉬었다.

이런 소란이 일었는데도 불구하고 침상 위의 낯선 이는 꿈쩍도 하지 않았다.

그래, 그냥 낯선 이가 아니다. 안면은 충분하다 못해 친구처럼 익숙하고 보는 순간 가슴속 깊숙이에서 치밀어 오르는 격함은 마치 연인과 싸운 직후처럼 격렬했으니까.

미움과 사랑은 종이 한 장 차이라더니, 원수도 애증의 대상에 속하는 건가?

그 빌어먹을 생불지심(生佛之心). 그게 뒤탈이 날 줄 알았다, 내가.

이 좁은 가슴팍으로 어찌 세상 모든 사람을 사랑할 수 있을까.

생각해 보면, 유청 자신은 싫어하는 사람이 너무 많고 싫다 못해 직접적으로 복수하고야 말겠다며 적어둔 일기 장 속 이름도 벌써 세 자릿수를 넘기고 있었다.

그러니 자신이 착각했던 거다. 자신은 절대 그런 거랑 은 인연이 없는 게 확실했다!

진유청이 제 가슴속 생불을 주먹으로 쾅쾅 친다.

거긴 진짜 니 자리 아니라니까?

"들어올 거면 들어오고 나갈 거면 나가."

유청의 침상을 제 것처럼 차지하고 앉아 있던 남궁혁이
입구 쪽을 향해 말했다.

진유청이 가슴 치기를 멈추고, 입을 열었다.

"그러니까 내 말이. 너야말로 들어온 거면 왜 들어왔는
지 말을 하고 나갈 거면 지금 당장 나가 줄래?"

"왜 들어오긴. 네가 오라고 했잖아."

남궁혁이 고저 없는 목소리로 대답한다.

그의 말에 제갈영은 물론 다른 두 녀석까지 숨을 크게
들이마시며 유청에게로 시선을 향했다.

온갖 욕과 화살 같은 시선이 얼굴을 향해 파고들지만
그중 녀석들이 제일 궁금해 한 건……. 유청이 니가 진짜
그랬어? 정도인 듯.

"으응. 서, 설마 진짜 올 줄은 몰랐지."

"갈 데 없고 돈도 떨어지면 이리로 오라며. 누구든 받
아주고, 아무도 내치지 않는다더니. 그냥 해본 말이었
냐?"

남궁혁의 말이 이어질수록 점점 더 붉으락푸르락해지는
권오현의 낯빛이 진유청은 조금 부담스러웠다.

"그……때는 진심이었지. 나는 정말 그렇게 생각해. 우
리 오현이는 마음이 엄청 넓고 학관이야말로 무림맹의 얼
굴이라 생각하는 녀석이라 학관 내의 일을 그냥 지나치지
못하거든. 남궁혁 니가 그렇게 계속 애들 돈 뜯고 학관 분

위기를 흐트러트리는 거보다는 이쪽을 더 좋아할 줄 알았
어."

진유청의 변명에 권오현이 입을 뻐끔거린다.

하. 하. 하.

이상했다. 아무 소리도 들리지 않아야 정상인데, 왜 이
렇게 으스스한 소리가 귓가로 파고드는 거 같을까.

오현이 너 맞아? 언제 이런 재주를 다 배웠니.

진유청이 슬쩍 고개를 돌려 녀석의 시선을 외면하며 검
지로 귓구멍을 후볐다.

"내가 나가주길 바라면 돈이나 좀 주던가. 그럼 꺼져
주지."

남궁혁이 상체를 뒤로 넘겨 침상 위에 대자로 누운 채
말했다.

진유청을 구박하던 녀석들이 순간 멈칫했다.

그래서 유청은 느낄 수 있었다. 이 녀석들도 자신과 같
은 병에 걸리기 직전이라는 걸!

아자! 힘내라, 힘!

진유청이 주먹으로 제 가슴에 신호를 보냈다.

저쪽으로 옮겨가면 이쪽은 좀 비어져야 할 텐데. 여기
있는 넷 중 자신이 가장 성격이 못된 건 확실한 사실이니
까.

"어쩌지?"

권오현이 진유청의 옷자락을 잡아당기며 묻는다.

차마 저는 쫓아내지 못하겠고, 그렇다고 쫓아달라고 하기에도 현재 남궁혁의 상태가 영 꺼림칙했으니까.

"오현이 너는 예전에 학관에서도 손꼽히게 이상한 녀석들하고 같은 방을 썼잖아."

누구라곤 말하지 않지만 유청의 눈동자는 이미 정한수를 콕콕 찍고 있었다.

"어엉…… 그랬지……."

유청이가 말한 이상한 녀석들은 두 명이지만 자신이 아는 상방 오호의 이상한 녀석들은 셋이란 걸 권오현은 굳이 언급하지 않았다.

물론 권오현 자신만 그렇게 생각한 게 아니라 그때의 학관 수련생들 모두가 같은 생각을 했었다는 것 또한.

"그뿐이냐. 우리가 가고 난 다음엔 요 제갈 꼬맹이와도 같이 지내잖아. 그것도 아주, 잘."

"그, 그렇지."

왠지 유청이 하는 말이 점점 더 위험한 곳으로 향하는 거 같았지만 어쨌거나 없는 애긴 아니니 권오현은 수긍할 수밖에 없었다.

"그러니까 오현이 넌 잘할 수 있을 거다."

유청이 검지로 남궁혁을 가리켰다.

"뭐?"

말도 안 돼!

"오현이 니가 저 녀석 사람 좀 만들어봐라. 개 두 마리도, 여기 요 버르장머리 없는 꼬맹이도. 그리고 나도. 모두 니가 있어서 즐겁게 학관 생활을 하고 상방 오호에 정붙일 수 있었던 거니까. 니가 얼마나 대단한지 넌 모르는 거 같은데…… 넌 진짜 최고라니까?"

진유청이 엄지를 치켜세웠다.

권오현이 조용히 손을 뻗어 엄지를 다시 접어준다.

진유청은 다시 엄지를 튕겨 세우려 하지만 권오현이 좀 더 빨랐다.

"그냥 넣어둬. 괜찮아……."

권오현은 두 손으로 진유청의 오른손을 꽉 움켜쥔 채 놔주지 않았다.

"왜 이 악물고 말하고 그래에, 무섭게에."

진유청이 눈가를 접으며 최대한 밝게 얘기한 뒤 손을 뒤로 빼려 했지만 잘 안 됐다.

"어! 저기!"

진유청의 고개가 휙 돌아가더니 상방 오호의 천정 모서리 부분을 올려다봤다.

하나 권오현은 속지 않는다. 워낙 드센 녀석들 사이에서 부대끼다 보니 이런 정도쯤은 우습지.

"오현아, 가끔은 말이야…… 그냥 속아주는 게 더 좋을 때도 있어."

진유청이 머리를 뒤로 크게 젖히며 중얼거렸다.

그리고.

콰앙!

"허어억!"

이마에 큰 충격을 받고 눈앞에서 별이 반짝거림을 느낀 권오현은 진유청의 주먹을 쥐고 있던 손을 풀어 아직도 흔들리는 거 같은 제 머리통을 감싸 쥐었다.

"미안해, 오현아. 근데 진심이었어! 넌 이제 정말 닭에서 봉황으로 다 자란 거 같아! 그러니까 사람 하나 구해주는 셈 치고 저 제갈 꼬맹이한테 한 거랑 똑같이만 해!"

닭에 봉황은 또 뭐고, 제갈영한테 한 거랑 똑같이만 하라고?

무슨 말인지 도통 이해가 안 갔다. 권오현은 제갈영에게 그냥 원래 자신의 모습 그대로를 보여줬을 뿐인데.

반문을 하고 싶지만 세상이 흔들려 멀미가 난 권오현은 쭈그리고 앉아 있느라, 걸음아 날 살리라며 도망가는 진유청을 잡을 수가 없었다.

"보모님, 애들 잘 부탁해. 나도 이만 가볼게."

정한수도 유청을 따라 얼른 자리를 피하려는데.

"어디 가세요?"

새침하게 정한수를 올려다보던 제갈영이 그를 막아섰다.

어라? 이 꼬맹이가…….

한가락하던 정한수, 아직 안 죽었다!

그가 천천히…… 아주 느긋한 어조로 입을 열었다.

"어, 저기!"

정한수는 유청이처럼 어딘가를 향해 고개를 돌린 뒤, 크게 놀라는 시늉 따윈 하지도 않았다.

그냥 그대로. 제갈영을 빤히 내려다보며 입술만 달싹인다.

어깨를 흠칫 굳힌 제갈영의 이마로 식은땀이 흘러내렸다.

정한수에게서 시선에서 엄청난 압박이 느껴졌다.

오현이의 경우로 보건데, 이 다음은 아마도……?

제갈영은 역시나 제갈세가의 후손답게 머리 회전이 빨랐다.

갑자기 고개를 옆으로 휙 돌린 제갈영이 마치, 속아 넘어간 것처럼 중얼거린다.

"어, 어…… 저기 뭐가 있지?"

아주 인위적이고, 티가 팍팍 났지만 뭐 어떤가.

둘 다 원하는 바에 도달했으니.

"다음에 보자, 영아. 오현이 잘 도와줘."

정한수가 딴청을 피우는 제갈영의 어깨를 두드려 주는 여유까지 보인 후, 유유히 상방 오호에서 멀어졌다.

"으아! 이마 깨지는 줄 알았네."

괴로워하던 오현이 겨우 정신을 차리고 몸을 일으켰다
가 덩그러니 혼자 남아 있는 제갈영을 발견한다.

"다 어디 갔어?"

권오현이 울 것 같은 얼굴로 묻자 제갈영이 한숨을 내
쉬며 어깨를 으쓱거렸다.

그리고 권오현을 달래 듯 말했다.

"하방 갈래? 거기 완전 비어 있는데. 난 갈 자격도 되
니, 오현이 넌 내 방 그냥 같이 쓰면 되잖아."

"그건 규칙에 어긋나잖아."

권오현에게 있어서 상방 수련생이 제 숙소를 놔두고 하
방에 가서 머문다는 건 있을 수 없는 일이었다.

"그럼 그냥 여기 있던가. '저분' 하고."

제갈영의 말에 권오현이 진짜 자는 건지, 아니면 자는
척하는 건지 모를 남궁혁에게로 시선을 향한다.

권오현이 어깨를 축 늘어트렸다.

다른 누구도 아닌 남궁혁이지 않은가. 권오현의 유년
시절 중 딱 잘라 없애 버리고 싶은 한 토막을 장식하고 있
는 고두희와 연관돼 더 생생한…….

아주 무서웠던, 남궁세가의 삼공자님.

"갈 거면 가라. 어차피 난 혼자 방 쓰는데 익숙하니 그편
이 낫다. 아니면 돈을 주던지. 그럼 내가 나가 줄 테니까."

남궁혁이 어쩌다 저렇게 됐나.

혹시 유청이에게 해를 입히기 위해, 아니면 유청이를 대신해 만만한 자신을 괴롭히려 온 건가 싶기도 하지만…….

"안 가요."

권오현 자신이 상방 오호를 두고 어딜 가겠는가.

"그럼 돈을 줄 건가?"

부스럭거리며 상체를 일으키는 남궁혁을 향해 권오현이 손가락을 꿈지럭거리며 말했다.

"돈도 없습니다."

진짜다. 학관에서 교두가 되겠다는 자신의 결심이 확고하니, 부모님께선 설득 대신 용돈을 끊어 버리셨다.

"그럼?"

남궁혁이 인상을 찡그리며 신경질적으로 되묻자 권오현이 대답했다.

"앞으로 잘 지내봐요. 하방에 비하면 많이 불편하겠지만 있다 보면 정도 들고 지낼 만해지실 겁니다."

권오현의 말에 남궁혁의 눈에 이채가 띠었지만 이내 흔적도 없이 사그라졌다.

"후회할 텐데?"

"후회는 지나간 일에 대해 하는 거고요."

권오현 자신은 지금 이 순간, 이 상황에서 이런 말을

해야 한다는 거 자체를 이미 슬퍼하고 있는 중이다.

"뭐, 마음대로. 짜증나게만 하지 마라."

받아주니 숫제 제 방인 듯 구는 남궁혁으로 인해 제갈영이 약이 오른 듯 눈을 가늘게 뜬다.

제갈세가의 떨거지나 남궁세가에서 쫓겨난 놈이나 거기서 거기라도 아직 본가에 적이 올라 있는 제갈영이 좀 위라고 할 수 있었다.

하나 권오현은 고갤 저어 보이는 걸로 제갈영을 말렸다.

어쨌거나 한 방에서 지낼 사이인데 첫날부터 큰소리 나서야 쓰겠나.

"후회가 되긴 하네. 유청이 그 녀석이 상방 오호에 들어온 날, 다른 녀석들처럼 뒤도 안 돌아 보고 나가는 건데."

권오현이 한숨을 내쉬며 중얼거렸다.

유청이 녀석은 오자마자 광견 나채환과 붙어 학관을 떠들썩하게 만들었었…… 헛! 그러고 보니, 그때 저 남궁 공자도 있었다.

채환이에게 맞아서 날아가던 유청이 녀석에게 깔려 기절했었지, 아마?

악연의 뿌리가 참 깊기도 하구나.

"정말 후회돼?"

뭔가 복잡한 표정을 짓는 권오현을 본 제갈영이 눈을 깜빡거리며 물었다.

말만 그렇지, 권오현이 제 친구들을 마음속 깊이 얼마나 좋아하는지 잘 아는데 오늘은 좀 심상치 않아 보였다.

유청 형님이 좀 심하기도 했고!

하나 권오현은 고갤 휘휘 젓더니만 이내 기운을 차렸다.

"어쩌겠어, 내 팔자지."

운명을 바꾸고, 새로이 만들어갈 능력은 없으니 주어진 운명에 순응하고 열심히 적응하는 게 권오현이 세상에 휘둘리지 않고 충실하게 제 삶을 사는 방법 아니겠나.

권오현의 낯빛이 밝아지자 제갈영도 환하게 웃는다.

그렇게 상방 오호에 새로운 수련생이 한 명 늘어났다.

"근데 우리 정말 그냥 가도 되는 거냐?"

정한수는 자꾸만 상방 숙소를 되돌아봤다.

"그렇게 걱정되면, 돌아가서 같이 지내. 남궁혁과도 자꾸 보다 보면 미운 정 고운 정이 쌓일 거야."

진유청의 상냥한 권유에 정한수가 눈가를 씰룩인다.

"유청이, 너나 그래라. 남궁혁은 우리 중에 널 가장 좋아하잖아, 아주 미치도록, 죽이고 싶어 할 만큼."

"그 애정, 한수 너한테 양보할게."

진유청이 진저리를 쳤다.

물론 입에 발린 말로 그냥 뱉어본 건 아니지만…… 오란다고 진짜 오다니. 오늘은 정말 놀랐다.

"나한테까지 차례가 오겠냐? 유청이 너 다음엔 남궁 대공자부터 시작해 사도진까지, 줄줄이 있을 텐데."

"그놈도 나만큼이나 사는 게 피곤할 거야."

그나마 유청 자신은 싫어하는 사람만큼이나 좋아하는 사람도 많은데…… 남궁혁은 세상에 온통 다 미운 놈뿐일 테니 훨씬 더할지도.

"오현이한테 해 끼치는 일은 없겠지?"

한수는 내내 그게 걱정된 모양이다.

"영이가 붙어 있잖아. 지 보모 일이라면 눈 까뒤집고 달려들 테니, 안전할 거다. 게다가 오현이, 강하잖아."

"영이 녀석이 변한 것처럼 남궁혁도 변할 수 있을까?"

남궁혁의 꿍꿍이가 뭔지 알 수 없는 지금으로선 아무것도 장담할 수 없었다.

"모르지. 하지만 저를 위해 좀 더 나은 선택을 해야 할 텐데. 망가져 부서지는 것 말고 말이야."

녀석의 마지막 선택으로 인해 유청 자신과의 관계는 완전히 비틀려 버렸지만 그래도, 저 자신의 삶을 어떻게 할지에 대해 선택할 기회는 아직 남아 있지 않은가.

다시 태어날 수 없다면, 다시 태어나지 않을 수 없을

만큼의 충격을 받은 김에 남은 인생은 새롭게 살아갈 수 있기를.

제 배때기 쑤신 두 놈과 얼굴을 마주하고 웃어야 할 팔자가 된 유청 자신을 생각해서라도 말이다.

"하여튼 유청이 너는 하늘의 특별한 관심을 받고 있다는 걸 다시 한 번 자각하고 그놈의 입 좀 조심해라."

말 끝나기 무섭게 즉각 반응이 오는 게 소름이 돋을 정도다.

"으응, 알았어."

진유청이 자신 없는 투로 대답했다.

자신이 말을 안 한다고 해서 하늘의 저 격한 편애가 사라지진 않을 것 같았기 때문이었다.

섬서의 도지휘사 박찬희는 미간을 찡그린 채 탁자 위에 놓인 서찰을 물끄러미 내려다보고 있었다.

침묵이 길어지자 종이품 도지휘동지로, 도지휘사의 부관 역할을 맡고 있는 황학용이 그를 재촉했다.

"박 대인께선 대체 무얼 망설이고 계십니까?"

"그건 내가 묻고 싶군. 자네는 어찌 그리 과감한가. 무얼 믿고?"

"이것은 폐하께서 허락하신 일입니다."

황학용이 눈을 부릅뜨고 대답했다.

"자네는 아직 젊군. 이 서찰 어디에 폐하의 인장이 찍혀 있고, 대관절 어느 부분에 군권을 움직여도 된다는 암어(暗語)가 적혀 있나?"

"대신 서경왕 주익 전하의 인장과 함께, 그분의 수결 또한 적혀 있지 않습니까?"

그분이라 하면, 황제 폐하께서 아끼는 의제를 뜻함이다.

"그분께서 아무리 폐하의 극진한 총애를 받고 있다 해도, 군권을 움직일 권한은 없다. 그것은 아무리 황족이라하나 서경왕 전하 또한 마찬가지! 어찌 서신에 쓰인 글과 폐하께서 하신 것도 아닌, 다른 두 분의 확인만 믿고 군을 움직일 수 있단 말인가."

군부에서 잔뼈가 굵었고 정계에서도 살아남아 황제 곁을 지킬 기회가 있던 박찬희다.

아직 젊은 황학용의 눈엔 저걸로도 충분할지 몰라도 박찬희에겐 절대 그렇지 않았다.

그는 황제 주찬성의 일 처리 방식을 잘 알고 있었고, 모든 게 완벽하지 않으면 안 되는 폐하의 성품상 이런 건 있을 수 없는 일이라 여겼기에.

"폐하께서 직접 나서지 못하신 이유에 대해서도 쓰여 있지 않습니까?"

황학용은 나는 새도 떨어트린다는 북경 세도가들조차

그 앞에선 입도 벙긋할 수 없다는 황제가 아끼는 의제의 눈에 들 기회를 이렇게 놓칠 수 없었다.

"그래도 난 허락할 수 없네."

"박 대인!"

황학용의 언성이 높아지자 한편에 물러나 있던 정삼품 도지휘첨사 기신양이 나섰다.

"진정들 하시지요. 밖으로 목소리가 새어 나가겠습니다."

집무실에 모인 셋 중 기신양의 품계가 가장 낮아, 둘 사이의 대화에 끼어들기 어려운 점이 많았으나 점점 분위기가 험악해지니 어쩔 수 없었던 것이다.

한쪽은 도지휘사사에서 가장 품계가 높은 도지휘사로 경험과 연륜이 뛰어난 이고, 다른 한쪽은 출세 길을 가파르게 뛰어오르고 있는 도지휘동지로 다소 위험한 선택을 겁 없이 하는 편이지만 한 번도 실패한 적이 없다 전해지는 능력 있는 관료였다.

"그래, 첨사 자네 생각은 어떤가? 우리 둘로는 의견이 좁혀지지 않는구먼."

박찬희는 처음부터 절대 불가를 외쳤지만, 아무리 수하라 해도 도지휘동지의 의견을 완전히 묵살해 버릴 수는 없었다.

더더군다나 황학용은 도지휘동지의 자리에 올라선 지

얼마 되지도 않았는데 벌써 도지휘사사 내에서 도지휘사인 자신보다 더 입김이 세진 이가 아닌가.

입지를 다지고 사람을 포섭하는 능력은 박찬희로선 절대 따를 수 없을 정도였으니.

박찬희가 저를 호명하자 기신양의 얼굴에 곤혹스러운 빛을 띤다.

"편히 말하게. 이곳에서의 발언이 자네에게 어떤 해도 가지 않게 내 보호해 줄 테니까."

황학용이 눈을 번뜩였다. 그의 말은 자기를 지지해 준다면 박찬희의 분노를 가릴 우산이 돼 주겠단 뜻이었으나…….

박찬희는 반대 의견을 낸다 하여 수하를 공격할 이가 아니었다. 그렇지만 그 말을 꺼낸 황학용은 제 기회를 잃게 만든 수하를 절대 용서하지 않을 사람이었으니.

"저는 황 대인이 낸 의견에 동의합니다. 비록 폐하께서 확인해 주신 건 아닐지라도 다른 두 분이라면 충분히 폐하의 뜻을 대신할 수 있다고 봅니다."

기신양으로선 어쩔 수 없었다. 사실 황학용이 나눠 줄 공이 탐이 나기도 했고.

"그렇단 말이지……."

박찬희가 눈을 지그시 내리감았다.

자신은 정말 뒷방 늙은이가 된 모양이다.

“그럼 이 서신에 쓰인 대로 일을 처리하겠습니다.”

황학용이 득의만만한 얼굴로 말하자 박찬희가 고갤 끄덕였다.

“그리하게나. 대신, 이 일에 나는 관여치 않겠네. 후에 두 분께서 이 일의 공을 물으면 모두 자네들의 것이 될 거고, 이 일에 반대한 이를 추궁하겠다고 하면 내 이름을 대게나. 내 뜻은 이번 일에 관여할 모든 사람들에게 밝혀둘 테니 그리 알게.”

“편하신 대로 하십시오.”

저리 걱정이 많고 세심히 신경을 쓰니 이만큼이나 힘들게 올라왔으면서도 더 높은 곳을 올려다보지 못하는 거다.

황학용이 속으로 혀를 찼다.

그의 눈에 박찬희는 곧 내려앉을 퇴물로밖에 보이지 않았다.

“할 일이 많을 텐데 이만 나가보게나.”

박찬희가 손을 내젓자 황학용과 기신양이 예를 갖춘 뒤 집무실을 나섰다.

“자네는 이제 내 뒤만 따라오면 되네.”

황학용이 기신양의 탁월한 선택을 칭찬했다.

기신양이 멋쩍게 웃자 황학용이 그의 등을 두드려 준 뒤, 품에서 또 다른 서찰 하나를 꺼내 들었다.

영문을 모르는 기신양이 멀뚱히 그것을 바라보자 황학

용이 그에게 서찰을 건네준다.

기신양이 이미 개봉돼 있는 서찰의 봉투를 열고 속 내용을 꺼내 들고 읽어 내려갔다.

그의 낯빛이 푸르게 변하더니 이내 흰 눈처럼 하얗게 질렸다.

第八章

내 먹잇감이라니까!

“움직였다고 합니다.”

전용후의 말에 최석이 고개를 끄덕였다.

“그럼 이제 우리도 준비를 해야겠군.”

“네. 연이상단의 영향력이 아직 건재한 모양입니다. 예상보다 훨씬 큰 규모로 빠르게 일을 처리했습니다.”

“그러게 말일세.”

연이상단을 경시하던 마음이 싹 사라졌다.

아마도 그러라고 일부러 더 자기들의 힘을 과시한 걸 테지.

“초린대의 일과 화산의 일을 정리하고 나면, 연이상단과 우리의 관계를 확실히 해야겠습니다.”

　그들과 자신들이 비밀 동맹을 맺었었다는 흔적을 모두 지워야 했다. 아무리 봐도 연이상단은 위험했다.

“내 생각도 그렇다네.”

최석도 즉각 동의했다.

어디까지나 이번 일을 성공적으로 끝낸 다음의 얘기가 되겠지만.

“한데…… 우리가 자리를 비운 이후가 걱정입니다.”

“왜? 중도파의 동요 때문에 그러나?”

각양각색의 문파가 모인 중도파는 의견을 하나로 모으기가 어렵고 분열되기 시작하면 단번에 와르르 무너질 세력이었다.

처음에 끌어들일 때도 신중을 기해 동심회에 극명한 적의를 보이는 이들부터 시작해 하나씩 하나씩 천천히 회유했었다.

그렇게 어렵게 일을 꾸몄음에도 불구하고 동심회가 보물 따위엔 관심이 없다며 자신들의 계획을 단박에 차 버렸으니…….

중도파에선 그걸 빌미로 인의회가 그들의 찬성을 받기 위해 언급했던 이득에 대해 믿음을 잃은 듯 이런저런 불평 불만이 쏟아져 나왔다.

“한 건 가장 없으면서, 입만 많은 곳인지라 걱정이 됩니다.”

"입을 막을 좋은 방법은 제갈세가에서 알아서 찾을 테지. 우리만큼이나 그들에게도 이번 일이 중요하지 않나."

패를 갈랐던 중도파와 인의회 그리고 이가연합이 다시 손을 잡은 건 다 각자 노리는 바가 있어서다.

물론 동심회의 제거라는 가장 큰 목표가 있긴 했지만, 그렇다고 그게 다는 아니라는 것.

이번 경우에 인의회에선 외부로 표출할 수 없는 내부의 문제를 해결하기 위해 다른 문파를 끌어들이려 동심회란 공통의 적을 표면에 내세웠다.

언젠가는 자신들의 이익을 위해 사라지게 해야 할 동심회였지만 그 시기가 지금이 된 건, 그래서다.

그건 아마도 이가연합 또한 마찬가지일 터.

동심회를 못마땅해 하면서도 당장 그들을 좌지우지할 힘은 없던 이가연합에서 이번 기회를 놓치지 않는 건 일견 당연하겠지만, 그게 꼭 현재여야만 하는 건 자기들에게 쏠린 타 문파의 시선을 돌리기 위해서다.

덧붙이자면, 장보도 풀이 오역으로 만든 계략 건이 잘못돼 더욱 좁아진 입지의 만회가 시급하다는 것.

목표를 향해 나아가는 과정에서 파생되는 여러 가지 상황이 저마다의 이득에 부합하기에 한층 추진력을 얻고 멈출 수 없게 되는 거였다.

그러니 결속력이 가장 떨어지는 데다 목표 의식도 다른 곳보다 낮은 중도파의 협조가 가장 부족한 건 어쩔 수 없는 걸지도.

"그보단, 자네 사부는 어찌할 생각이라던가? 그가 맹에 남아 있게 되면 등 뒤가 영 꺼림칙할 것 같은데 말이야."

대장로 악기태는 완전히 소외돼 감금에 가까운 생활을 하고 있었다.

저러다 자포자기해 인의회 내부의 이야기를 타 문파에 흘리거나, 아니면 타 문파와 손잡고 새로운 음모를 꾸밀 가능성이 농후했다.

"모시고 가야지요. 어찌 사부님을 홀로 두고 갈 수가 있단 말입니까?"

현재 화산에서 악기태를 제어하고 그를 막을 수 있는 이는 전용후뿐이었다.

조금 시끄럽고 신경 쓰이겠지만 강제로라도 끌고 가는 게 나았다.

"잘 생각했네. 혹시 두고 가겠다고 하면, 차라리 점창 본산으로 보내는 게 어떨까 하고 얘기하려 했네."

"아닙니다. 화산 본산을 정리할 때도 그렇고 그분의 힘이 필요한 사안이 남아 있으니 사부님에 대해선 제가 알아서 처리하겠습니다."

전용후는 패륜을 입에 담으면서도 흔들리지 않는다. 그렇다고 뜨겁게 타올랐냐 하면 그도 아니고.

"자네가 호랑이 새끼였다는 걸 자네의 똑똑한 사부는 왜 몰랐을까 모르겠군."

일을 도모하며 기 싸움을 벌이느라 심기가 불편했던 적도 있고 하나씩 주고받으며 일을 덮은 적도 있다.

그 모든 과정에서 직접 전용후를 상대했던 최석은 그의 일 처리가 제 사부보다 낫다 생각했다.

자신이 느꼈다면 오랜 시간 전용후를 지켜봤을 악기태가 느끼지 못했을 리가 없을 텐데 말이다.

"아셨으니 저를 그리 외면하셨던 거겠지요."

눈가를 희미하게 뜬 전용후가 대답했다.

거리를 두고 견제했음에도 제 사부를 잡아먹었다 이건가?

전용후가 한 말의 본 뜻을 알지 못하는 최석은 제 마음대로 생각한 후 피식 웃었다.

"조금 모자란 제자는 사랑스러운 법이지만, 너무 잘나 제 머리 위에 앉는 제자는 용서가 안 되는 법이지."

제자가 저보다 뛰어남을 바라는 마음이 모든 사부에게 있는 건 아니니.

"그러니 장문인께서도 장문인과 너무 닮은 제자는 들이지 마십시오."

“어째서?”

“틀림없이 저처럼 될 겁니다.”

전용후가 무표정한 얼굴로 최석을 직시하며 대답했다.

말의 진의를 파악하기 어려웠던 최석이 미간에 주름을 잡은 채로 그런 전용후를 쏘아봤다.

전용후는 묵묵히 그의 시선을 받아내며 모르는 척 다음 논의돼야 할 사항에 대해 입을 열었다.

“실망스럽구나.”

아무런 대답도 할 수 없다.

고개를 숙인 채 차마 얼굴을 들지 못한 제갈건은 바닥을 뚫어져라 내려다봤다.

제갈인창은 제갈건이 무릎을 꿇고 앉아 있는 두 시진 동안 저 말을 적어도 열 번은 되풀이했다.

그리고 이어지는 침묵.

간헐적으로 적막한 공기를 깨는 건 긴 한숨 소리와 함께……

“너무나 실망스러워 견딜 수가 없구나.”

또다시 반복되는 말에 제갈건의 어깨가 잘게 떨렸다.

찾아와도 내치기만 하시더니 얼마 전에야 안으로 들이고는 그 뒤론 같은 상황의 연속이다.

그리고 이건 정말 어떤 질책이나 호통 소리보다 더 괴

롭고 견디기 힘든 고문이었다.

낮은 탁자 하나를 사이에 두고 마주하고 있는 제갈인창과의 거리가 아득히 멀게 느껴졌다.

다리를 길게 뻗으면 넘어갈 수 있을 정도로 만들 수 있다 자신했던 얼마 전의 기억이 무색해지리 만큼.

"실패를 한 것도 용서하기 어려운 일인데, 뒷감당마저 제대로 하지 못하고 타 문파 앞에 꼴사나운 모습을 보이다니. 어찌 너를 믿고 제갈세가를 맡길 수 있겠느냐."

"하지만……."

"아직도 내 말에 토를 달 기운이 남아 있는 모양이구나."

싸늘한 어조로 말하는 제갈인창으로 인해 제갈건이 입을 꾹 다물었다.

가주가 낸 계책이 먹혀들지 않아 일이 이렇게 꼬인 건데도 불구하고 모든 잘못은 제갈건이 저지른 것처럼 상황이 호도(糊塗)된 게 불쾌했던 것이다.

하나 전면에 나섰던 것도 제갈건 자신이요, 사람들 앞에서 나약한 꼴로 쓰러진 것도 자신임에야.

"초린대와 그들을 돕기 위해 움직일 동심회를 섬서로 불러들인 후 상대하는 건 인의회에서 맡고, 맹에 남아 있는 동심회 무리를 상대하는 건 중도파와 이가연합인 우리의 몫이라 했느냐?"

"네. 그렇게 협의를 보았습니다."

"협의를 본 건지, 끌려다니다 그렇게 결론이 난 건지,
더는 너를 믿기가 어렵구나."

제갈인창의 차가운 눈빛에 제갈건이 으득 어금니를 깨
문다.

"이번엔 절대 실패하지 않을 겁니다."

"당연히 그래야지. 너 자신을 위해서도 말이다."

좀 쓸 만해졌나 싶어 일을 맡겼더니 이 모양으로 만들
었다.

제갈인창 자신이 수수께끼 풀이에 열중하느라 세가 일
에 잠시 손을 뗐더니만, 바로 엉망진창이 된 거다!

쯧, 쯧.

혀를 차던 제갈인창의 시선이 탁자 위에 놓인 서찰로
향했다.

정체를 알 수 없는 상대는 자신들이 한 짓을 모르는 건
지, 아니면 상관이 없는 건지. 중간에 여태까지 없었던 긴
호흡으로 사람을 보내지 않아 불안해하던 차에 다시금 서
찰을 보내왔다.

하나 서신이 오는 날짜로 맞췄던 규칙이 한 번 무너지
고 나니, 다시 그것을 세우는 데 한참이 걸렸다.

그래도 제갈인창은 결국 해냈다.

교룡승(蛟龍昇).

이번에 풀이한 것이다.

이무기가 올라간다라. 그렇다면 어디로 갈까? 이무기가 올라갈 곳은, 바로 하늘.

"이 뒤엔 천(天) 자가 오겠군."

제갈인창이 앞에 제갈건이 무릎을 꿇고 있다는 것도 잊고 붓을 들고 네 글자를 적어 내려갔다.

제갈건은 감히 가주를 방해할 수 없어 숨죽인 채 석상처럼 미동도 하지 않는다.

그렇게 얼마의 시간이 지났을까.

밤이 되고, 다시 해가 밝아올 쯤.

풀이의 해석에 심력을 소모하여 안색이 창백해진 제갈인창이 입을 열었다.

드디어 해석을 끝냈나 싶어 제갈건이 고개를 든다.

하지만.

"화산만으로는 동심회면 모를까 초린대까지 불러들일 수는 없으니, 그 두 가지를 한꺼번에 가능하게 했다는 거 자체가 남궁 대공자가 오래전부터 의심한 대로 인의회가 딴 주머니를 차고 있었다는 반증이다."

"……어찌하면 좋겠습니까?"

"어쩌긴 뭘 어쩌겠느냐, 그냥 두어라. 당장은 우리도 숨기고 있는 게 있으니, 괜히 서로를 들쑤셔 봤자 남는 게 없지 않겠느냐.”

“알겠습니다.”

대답을 한 제갈건이 가주의 얼굴을 살핀다.

이만 물러나라 얘기하길 기다리는 거다. 그러나 제갈인창은 다시금 붓을 들었다.

아들이고, 소가주이기에 한 번의 실수로는 완전히 내칠 수 없었던 제갈인창이 선택한 벌이었다.

“어엉?”

진유청이 저도 모르게 입을 슬쩍 벌린다.

“유청이 니가 학관에서 가출하기 전에 줬던 그 염주 말이야.”

오현이 기억 안 나냐며 자세히 설명해 주지만, 유청이 그걸 잊었을 리가 있겠나.

자신이 다섯 살 때 금오상단의 친목 모임에 갔다 목영 선사를 만나 선물받은 게 아닌가.

그때 만난 도양기가 아직도 가끔 꿈에 나오는 데 말이야.

“알아, 아는데. 그게 어찌 됐다고?”

“남궁 공자가…… 가져갔나 봐.”

허, 남궁혁도 진짜 갈 때까지 다 가보려는 모양이다. 이젠 도둑질까지 하다니.

진유청이 인상을 찡그린 채 되물었다.

“확실해?”

“으응. 잃어버릴까 봐 하고 다니진 않아서, 나중에라도 너 돌려줘야 할지도 모르고 하니까. 며칠 전에도 항상 두던 데 잘 있는 거 확인했거든. 근데 오늘 보니 없더라고.”

오현이 녀석 화는 좀 풀렸는지, 별일은 없이 잘 있는지 확인하러 왔는데 그만 난처한 상황에 빠졌다.

유청이 저가 주기는 했으나 이제 오현이의 물건인데, 그걸 자신이 데려온 거나 마찬가지인 남궁혁이 훔쳐 갔다니…… 이를 어쩌나.

“츠읍…….”

진유청이 볼을 긁적이며 눈동자를 데구르르 굴렸다.

그보다 더 좋은 걸 줄 수도 있고, 그 대신 다른 걸 약속할 수도 있지만 그건 오현이에 대한 예의가 아니지 않나.

“아마 그렇지 않을까 싶은 거지, 확실한 건 아니니까 오면 물어본 다음에…….”

“뭘?”

갑작스레 문이 열리며 초점 없는 텅 빈 눈의 남궁혁이 안으로 들어왔다.

“뭐긴, 니가 오현이의 염주 가져갔나?”

진유청이 단도직입적으로 하는 말에 남궁혁이 어깨를 으쓱거리더니 두 사람을 지나쳐 이제 제 것이 된 침상 위에 벌렁 드러눕는다.

"야!"

유청이 버럭 소릴 지르자 남궁혁이 미간을 찡그리더니 이불을 머리 위까지 끌어 올려 덮었다.

유청의 눈꼬리가 사납게 치켜 올라가자 오현이 녀석의 팔을 잡아당긴 뒤 고개를 저어 보였다. 그리곤 저가 입을 연다.

"남궁 공자님, 혹시 제 염주 못 보셨습니까? 저한테는 중요한 건데 말입니다."

바로 대답이 돌아오진 않았다. 하나 조금 뒤 이불 밖으로 손 하나가 삐죽 나온다.

손가락 끝에 덜렁덜렁 걸려 있는 건…… 목영 선사의 신물인 염주가 맞았다.

"애들은 가치를 모르고, 가치를 아는 놈들은 살 엄두를 못 내고. 쓰레기나 다름없어서 버릴까 하다 그냥 들고 들어왔다. 어떻게 수중에 돈이 한 푼도 없을 수가 있나. 거지냐?"

뒤져서 돈이 나왔으면 그걸 가져갔을 텐데, 괜히 번거로운 일을 하게 했다는 핀잔이었다.

"거지는 너지."

헛! 이게 아니지.

"아니, 거지가 아니라 도둑놈. 그게 훨씬 나쁜 거다!"

진유청이 바로 정정한다. 머릿속에 홍개가 기함을 토하며 펄쩍펄쩍 날뛰는 모습이 그려졌던 탓이다.

남궁혁은 이불 밖으로 내민 검지에 걸려 있는 묵주를 슬쩍슬쩍 흔들다가 스르륵 손가락을 아래로 뉘었다.

염주가 툭, 하고 바닥에 떨어진다.

"그럼 난 도둑놈 할 테니 넌 이거나 주워가라, 거지야."

아, 씨바. 진짜 인내력의 한계를 경험하게 하는구나.

진유청이 제 가슴을 쿵쿵 내려치며 하늘을 향해 입을 쩍 벌렸다.

잘하면 속에서 치민 열기로 불도 토해낼 수 있을 거 같다.

진유청이 한판 벌일 기세이자, 권오현이 얼른 남궁혁이 누운 침상 옆으로 다가가 염주를 주워들었다.

"야! 오현이 니가 거지야?"

오현이에게 미안한 마음에 난감해 죽겠는데 녀석이 저러니 속상해 죽겠다.

버럭 소리부터 지른 유청이 또 아차, 했다. 거지 할아버지, 미안해요!

하나 오현이도 비슷한 생각을 한 듯. 역시 친구는 닮는 건가?

"난 내가 거지였으면 좋겠다. 우리 부모님 꿈인데, 그거. 우리 사부님만 아니었으면 유청이 너한테 개방에 소개시켜 달라고 했을지도 몰라."

오현이 염주에 묻은 먼지를 툭툭 털더니 원래 있던 자리에 갖다 놓으며 중얼거렸다.

"이제 해결!"

이걸로? 이렇게 간단히?

"또 가져가면?"

진유청이 묻자 권오현이 간단하게 대답했다.

"오늘 돌려줬으니, 다음에도 돌려주겠지."

"그건 돌려준 게 아니라, 못 팔아서 어쩔 수 없이 다시 가져온 거잖아."

"그게 그거야. 어떤 마음으로 했든 적어도 숨기거나 버리지 않고 돌려줬으니까."

되찾기만 했으면 좋겠다고 생각했고, 되찾았으니 그걸로 된 거란다.

포기도 빠르고, 작은 것에 감사하고, 금방 잊는 오현이.

오현이에 비하면…….

"너무 기대하지 말라고. 다음엔 못 팔게 되면 난 줄 모르게, 그냥 버리고 들어올 테니까."

이렇게 귀찮은 일이 없도록.

　남궁혁이 이불을 목 아래로 끌어 내린 후 느릿하게 입술을 달싹였다.

　저건 정말 개자식이다. 저놈 때문에 오현이만 너무 고생하게 된 거 같다.

　그 말인즉, 유청 자신의 책임이 무지막지 심각하게 크다는 뜻.

　"휴우."

　진유청이 한숨을 길게 내쉬자 권오현이 오히려 녀석을 다독여 줬다.

　"괜찮아. 너희라고 처음엔 좀 나았는지 아냐? 게다가 너흰 셋이었잖아."

　둘! 둘이지, 왜 셋이야?

　진유청은 반항해 보려 했지만, 물끄러미 저를 보는 권오현의 시선에 그만…… 깨갱!

　"가봐라, 이제 괜찮으니까."

　오현이 유청의 등을 떠밀었다.

　이렇게 진유청과 남궁혁을 계속 같이 두었다간, 언제 사달이 일지 몰라 조마조마해 하고 있는 심장에 무리가 갈 거 같았다.

　"알았어."

　진유청이 어쩔 수 없이 대답했다.

　그는 문을 열고 나가기 직전까지 남궁혁이 있는 침상

쪽을 째려봤다.

  터벅터벅 동심회 숙소로 돌아가던 진유청은 나채환이
자길 찾아다닌다는 얘길 전해 들었다.
  초린대가 머무는 곳으로 갔다가 처소 앞 작은 공터에
서 수련하는 이들과 마주한 진유청이 나채환에 대해 묻
는다.
  "어, 없어요?"
  "네. 진공자님이 오셨나 보러 가신다고 다시 나가셨습
니다."
  아무래도 길이 엇갈린 모양.
  "찾으러 나갔다가는 또 엇갈릴 테니, 그냥 있는 게 낫
겠네요. 근데 대체 무슨 일이래요?"
  진유청이 초린대 대원들을 돌아보며 묻자 손정우가 나
섰다.
  "그게요······."
  "편하게 말씀하세요, 어차피 채환이 오면 다 들을 얘긴
데요, 뭐."
  진유청은 그를 좋게 봤던 터라 밝은 어조로 대답했다.
  그리고······.

  "섬서라 이거죠?"

진유청의 물음에 손정우가 고개를 끄덕거렸다.

“네. 섬서의 동지휘첨사로 계신 기신양 어르신과는 가문끼리 오래전부터 친분이 있어 아버님과 호형호제하는 사이이신데 그분께 조용히 연락이 왔습니다.”

아무렴, 그렇겠지.

진유청이 입맛을 다시며 고개를 설레설레 저었다.

“하아. 그게 언제나 문제입니다.”

“네?”

손정우가 눈을 동그랗게 뜨고 되물었다.

뭐가 문제란 건지 이해가 안 됐으니까.

“호형호제하기로 했으면, 끝까지 그래야지. 왜 꼭 중간에 변심해 뒤통수를 치냐 이 말입니다.”

“……기 대인께선 그런 분이 아니십니다.”

평소 유쾌하고 발랄하여 진지한 구석이 별로 없는 손정우가 정색을 했다.

“진 공자께서 좀 심하셨습니다. 아직 기 대인께서 황태자 전하를 배신했다는 증거는 아무것도 없지 않습니까.”

손정우의 편을 드는 듯했지만, 윤수일의 말엔 가시가 있었다.

결국 손정우가 발끈해 외친다.

“기 대인께서 많은 위험을 감수하고 보내주신 정보입니

다. 어찌 그리들 나쁘게만 보십니까?”

섬서에 불온한 움직임이 엿보이고 거기에 도지휘동지인 황학용이 연관돼 있는 듯 보인다고 했다.

만약 그뿐이면 중앙에 있는 금의위 수장인 양 도독에게 연락을 취해 조사를 부탁했을 것을.

그것이 섬서의 무림문파 중 가장 거대 세력인 화산과도 이어진 듯해 섣불리 결론을 내릴 수가 없다 했다.

이게 무림문파의 일인지, 아니면 모종의 음모를 꾸미는 관의 세력인지 실체를 구분하기 어려웠기 때문이다.

연이상단의 주인인 환성과 황태자의 불화는 오래전부터 있어 왔고, 그게 드디어 불거져 초린대가 연이상단의 뒤를 캐기 위해 무림맹에 갔다는 건 쉬쉬하면서도 고위 관료들 사이에선 모르는 이가 없는 일이었으니.

기신양 자신 혼자 고민하는 것보다는 화산이 속해 있는 무림맹 내부에 있는 초린대가 조사를 좀 해보는 게 어떻겠냐는 것이었다.

그리고 정보를 얻게 되면, 자신에게 와 알려주고 섬서의 일을 어찌해야 할지 이야기를 나눠보자고도 했다.

물론 손정우는 기신양이 화산이 포함된 인의회가 연이상단과 연관이 있다는 것까지는 모르고 연락을 취한 거라고 믿는 듯하지만, 글쎄⋯⋯.

정말 그럴까?

“관의 일이 그러하듯, 무림에서의 일 또한 그리 쉽게 ‘우연’이 겹치진 않습니다. 이렇게 도드라진 부분에 딱 들어맞게 홈이 파여 정확히 일치하는 경우는 특히나, 더 말입니다.”

하필이면 연락을 받은 시기까지 너무 공교롭지 않은가.

진유청이 너무 상처받지 말라는 듯이 달래는 어조로 애기한 게 손정우의 심기를 더 건드린 모양이다.

“두 분 다 밉습니다!”

손정우가 진유청과 윤수일을 동시에 노려본 뒤 빽 소리 치고 휭하니 방으로 들어가 버렸다.

“아아, 우리 미움받은 겁니까?”

진유청이 볼을 붉적이자 윤수일이 손정우를 대신해 변명했다.

“손 금의위사의 심성이 바르고 깨끗해 사람을 잘 믿어 그런 거니, 너무 마음에 두지 마십시오.”

“괜찮습니다. 전 저런 분 좋아해요. 호형호제하다 뒤통수치는 놈도 나쁘지만, 믿는다고 했다가 남의 말 몇 마디에 의심부터 품는 사람도 별로인 건 마찬가지잖습니까?”

의혹을 품는 건 적어도 저가 납득할 만한 증거와 이유가 발견됐을 때 해도 늦지 않으니까.

무림맹의 겉 다르고 속 다른, 언행 하나하나에도 검은

꿍꿍이를 품고 있는 이들만 보다 손정우 같은 이를 보니
눈이 다 맑아지는 거 같다.

그래서 진유청은 오히려 기분이 좋았다.

"그러시다면 다행입니다."

윤수일도 진유청이 느끼는 것과 비슷한 감정을 갖고 있
는 듯.

"채환아, 넌 어떻게 생각하냐?"

진유청이 뒤를 돌아보며 묻자 윤수일이 조금 놀란 듯
그의 어깨 너머로 시선을 향했다.

저는 전혀 느끼지 못했는데 진유청은 처음부터 알고 있
었던 것처럼 보이지 않는가.

"뒤통수를 맞아봐야 정신을 차리지, 라고 생각한다."

나채환은 비스듬한 자세로 껄렁하게 선 채 대답했다.

하여간 매정한 자식.

"그거 말고."

진유청이 손사래를 치더니 말을 이었다.

"섬서의 일 말이다. 이거 아무래도 초린대를 꼬드기려
는 미끼 같은데 어쩔 거야? 갈 거냐?"

"가야지."

인의회의 이파 일가를 들쑤시거나, 연이상단을 직접 건
드리는 방법을 두고 고민하던 차 아니었나.

일전의 무림맹 장보도 사기 사건으로 보건데 인의회는

이미 동심회를 제외한 다른 두 개의 하늘과 손을 잡은 것 같았으니.

동심회와 초린대가 무림맹 내에서 뭔가를 하기엔 어려움이 많았다. 상대해야 할 적이 너무 늘어나 버렸으니까.

어떻게 하나 고민하며 적당한 수를 찾고 있을 때였는데, 딱 맞춰 기신양이 연락을 취해온 것이다.

"함정인데도?"

진유청이 미간을 찡그린다.

"함정이라도."

나채환은 덤덤하게 대답했다.

이렇게 계속 얻는 거 없이 시간을 보내게 되면, 근신 상태로 숨죽이고 계신 북경의 형부상서 어르신의 입지가 점점 더 나빠지게 된다.

태자 전하의 비호가 있다 해도, 황제 폐하께서 노기를 드러내신 이상 정적들에게 공격받기 딱 좋은 위치에 서게 된 것이다.

좋은 어른이 되는 게 나채환의 목표였고, 그것은 곧 소중한 이를 지켜줄 수 있는 사람이 된다는 결과로 귀의한다.

나채환에게 있어 이청강과 이경찬을 보호하는 건, 그가 가진 신념이자 삶의 이유.

눈앞의 위험을 두려워할 여유 따윈, 애초에 없었다.

"뭐, 좋다. 가자, 가면 되지."

진유청은 별로 고민도 하지 않고 시원하게 결론을 마무리 지었다.

"유청이, 너도 가나?"

"그럼 설마 날 빼놓고 가려고 했냐? 그리고 나만 가는 게 아니다. 화산의 섬서 아니냐. 한수랑 소장문인도 모시고 가야지."

"화산이 관여됐다곤 해도, 섬서에 있는 본산은 어차피 소장문인의 화산이 아닌 악기태 대장로의 화산인데 굳이 위험한 곳으로……."

초린대로로선 당연히 해야 할 일이고, 그러다 보면 화산의 일도 찾아보게 될 터.

굳이 한수와 소장문인을 데려가 좋지 않은 꼴을 보게 할 필요가 있나 싶은 거다.

"무슨 소리! 화산 본산이 왜 그 욕심 많은 노인네 거야? 앞으로 무림을 아름답게 이끌 중요한 역할을 할 곳에다가 우리 한수가 물려받아 가꿀 소중한 문파지."

물론, 유청에겐 후자 쪽의 비중이 더 컸다.

"그건 그렇지."

나채환도 거리낌 없이 동의하는 걸 보니 같은 생각인 듯. 녀석은 당연히 후자 쪽으로 만이겠지만.

"물라고 던져 준 미끼니 세 개 다 덥석 물어주지. 당신들한텐 이게 미끼에 불과하겠지만, 우리한테는 그렇지 않다는 걸. 알아차렸을 땐 벌써 늦었을 거야."

진유청이 무림맹 전각들이 늘어서 있는 곳으로 눈길을 주며 혼잣말을 했다.

그의 손이 본격적으로 상황을 이끌어 가기 시작했다.

아, 근데 남궁 개자식은 어쩌지?

개 비위 맞추고, 돌보는 데 일가견이 있는 오현이가 알아서 잘하려나?

그래도 걱정이 되니, 영이에게 몇 가지 주의를 주고 가는 게 나을 듯싶다.

심각한 외중에도 떠오르는 새로운 개 한 마리로 인해 진유청의 머리가 지끈지끈 아파왔다.

"관(官)이 나섰다니."

진호철이 한숨을 내쉬며 중얼거린다.

"이제 서로 가진 걸 숨기면서 싸울 수 없게 됐다는 뜻이에요. 저쪽도 이쪽도 가진 걸 다 보여주고 전력으로 부딪쳐야 할 때가 왔어요."

진유청은 아버지의 시름을 덜어 드리고 싶었지만, 지금은 가벼운 말 몇 마디로 웃어넘길 수 있는 상황이 아니었다.

“섬서로 가면 관군과 더불어 화산 본산의 무인들이 너희를 기다리고 있을 텐데, 괜찮겠느냐?”

“에이, 꽁무니에 따라붙을 인의회 사람들은 왜 빼고 그러세요. 섭섭하게끔.”

아들이 포함된 일행의 앞뒤가 꽉 막혀 중간에 낀 상태가 돼, 오도 가도 못하는 상황이 벌어질까 봐 진호철의 가슴이 조막만 해졌다.

“혹시 아느냐. 악 장로와 전 각주를 비롯한 화산파 사람들만 쫓아가고 점창은 남아 있을지.”

모용세가는 이제 인의회에 적을 올리고 있을 뿐, 유명무실해 아예 거론조차 되지 않고 있었다.

“그렇지는 않을 거예요. 연이상단에서 큰 걸 보여줬으니 인의회도 기죽지 않으려면 최선을 다해야 할 테니까요.”

그쪽도 상당히 꼬인 채로 물고 물리는 관계다.

진호철과 진유청 두 부자의 대화를 가만히 듣고 있던 청기자가 끼어들었다.

“화산 본산을 엮은 걸 보니, 이번 기회에 반쪽으로 갈라진 화산을 정리하려는가 보구려.”

화산 본산이 거론되면 동심회에선 소운찬과 정한수가 나서지 않을 수 없게 된다.

그들을 잡고 문하를 정리하면, 화산의 내분은 종식될

터.

그러기 위해선 관이 아닌, 무림 세력의 도움이 필요
했다.

외부의 작전이라면 모를까, 화산 내부의 일에 관의 개
입을 부르는 건 아무리 악기태나 전용후라 해도 이해받기
어려울 뿐더러.

연이상단과 연관이 있는 관군들을 화산으로 끌어들이
는 일은 그 두 사람 스스로가 절대 용납할 수 없을 것이
다.

그런 때에 점창 장문인이 나서서 전폭적인 지지를 약
속하며, 흔들리는 화산에 손을 내밀고 악기태와 함께 전
용후의 후견인 자리에 선다면…… 좋겠지. 아마 좋을 거
다.

그게 인의회가 원하는 바겠지.

"참 원하는 걸로만 꼭 집어 먹고 싶어 하는 사람들이에
요. 초린대를 잡고 싶으니 관을 움직이고, 소장문인과 한
수를 원하니 화산 본산을 동원하고."

제일 맛있는 부분만 덥석 물고 싶어 하는 욕심쟁이
들.

뭐, 유청 자신도 그렇다.

그러니 거기에 대해선 욕하지 않으련다.

자신도 이게 내 먹이다 싶으면 물고 절대 안 놓으니까.

그리고 이번엔 그들이 자신의 먹이 아닌가.

"내가 함께 가야 하는데……."

진이현은 걱정스러운 어조로 말하면서도 따라가겠노라고 우기지는 않았다.

유청이에겐 유청이의 일이 있고, 자신에겐 자신의 일이 있으니까.

무림에 함께 나와 있음에도 각자 맡아야 할 역할이 다르다 보니 형제가 나란히 무림을 종횡할 일이 없다.

"형님께선 아버님을 지켜주셔야지요. 저보다는 남아 있는 분들이 더 걱정이에요."

유청의 진심이었다.

자신의 소중한 이들이 다치는 게 싫고, 상처받는 게 싫고.

그러다 누가 잘못되기라도 하면, 자신은 무늬만 걸친 소신선에서 제 본성에 걸맞는 소악마로 변한 뒤 미쳐 날뛸지도 몰랐다.

"내가 지킬 것이다. 그러기 위해 내가 여기 있는 것이다."

이현의 대답에 진유청이 빙그레 미소 짓는다.

저런 형님이니, 믿고 맡길 수 있는 거다.

자신은 언제든 등을 보인 채 뒤돌아보지 않고 내달릴 수 있었다.

“자, 그럼…….”

진호철이 두 아들을 따스하게 지켜보다 본론으로 들어간다.

동심회의 회의는 그날 밤늦도록 이어졌다.

第九章

일보전진!

“뭔데 아까부터 그렇게 열심히 보면서 가냐?”

정한수가 물었다.

유청이 녀석이 손에 글자가 빼곡하게 적혀 있는 종이 한 장을 들고는 읽으면서 걸어가고 있었던 것이다.

처음엔 유청이 녀석이 길 쪽으론 눈길 한 번 주지 않고 종잇장에만 집중하며 발을 퍽퍽 내지르는 게 저러다 자빠지는 거 아닌가 걱정돼 힐끔.

그 다음엔, 발에 눈이라도 달린 것처럼 보지도 않고서 삐죽 솟아오른 돌덩이나 움푹 파인 땅을 쉭쉭 피해가는 녀석이 신기해서 힐끔.

나중엔 대체 뭔데 저렇게 정신 못 차리고 읽는 건지 궁금해서 온갖 상상을 머릿속에 떠올리다 더는 참지 못하고 다가간 거다.

"이거?"

"그래, 그거."

진유청이 엄지와 검지 사이에 끼고 팔랑팔랑 흔드는 종잇장을 따라 눈동자를 이리저리 움직이던 한수가 대답과 동시에 금나수를 이용해 그것을 낚아챘다.

그리고 잠시 후.

"이게 뭐야?"

"보면서 뭘 물어."

진유청이 입맛을 다시며 대답한다.

대체 뭔데 저러지?

둘의 행동이 워낙 눈에 띄었던지라 관심을 갖고 지켜보던 일행의 얼굴에 호기심이 어렸다.

그중 나채환은 머릿속에 생각이 떠오름과 동시에 몸으로 실천에 옮길 수 있는 행동력이 아주 뛰어났으므로 즉각 둘 사이에 끼어들어 한수가 들고 있는 종잇장을 뺏었다.

"야! 나 아직 보고 있잖아!"

정한수가 으르렁댔지만 나채환은 전혀 개의치 않았다.

둘만 붙여 놓으면 소견과 광견이던 유년 시절로 돌아가기라도 하는 것처럼 아옹다옹했지만, 진짜 사이가 안 좋아 그러는 게 아니란 걸 다들 알기에 다들 피식 웃을 뿐.

펵, 펵!

서로 치고 박는 주먹 소리가 바람을 가르고 떡 메치듯 찰진 소리가 마구 울려 퍼지는 데도 말리는 기색이 없었다.

둘에 대해 가장 잘 아는 진유청만이 장난은 눈곱만큼 섞여 있고 나머진 진짜 말 그대로 주먹질이란 걸 알기에 입맛을 다신다.

한 놈은 황태자 직속 호위대라는 초린대의 대장, 다른 한 놈은 아직 반쪽뿐이지만 어쨌든 화산파의 다음 대 장문인으로 지목된 후계자.

잘들 논다 싶으면서도, 애들이 보고 배우면 어쩌려고 저러나 걱정도 든다.

진유청이 이제 그만 말려야 하나 생각하며 둘을 향해 입을 열려는 데.

"이게 뭐냐?"

오른팔을 쭉 뻗은 채로 정한수의 가슴팍을 밀쳐 제 가까이 못 오게 한 나채환이 종이에 적힌 내용을 읽다가 미간을 찌푸렸다.

녀석은 저가 잘못 본 게 아닌가 하는 표정으로 종잇장에 얼굴을 갖다 댄다.

녀석의 숨에 종이가 파르르 떨릴 만큼 가깝게.

"그치? 채환이 너도 어이없지?"

정한수도 치켜 올렸던 주먹을 내리며 동조를 구했다.

나채환이 고개를 끄덕임으로써 둘의 싸움이 협의하에 소강상태에 돌입했다.

"그거…… 아까 작별할 때, 진 공자님의 형님 되시는 분이 건네주셨던 거 아닙니까?"

이런 거에 빠질 리가 없는 손정우가 아주 궁금하다는 얼굴로 끼어들었다.

"맞습니다."

진유청이 대답했다.

살면서 참 드물게 자신이 아니라, 이현 형님이 부끄러워지는 순간이다.

"이걸 정말 이현 형님이 쓰셨단 말이냐?"

정한수가 믿기지 않는 듯한 어조로 되묻자 진유청이 손사래를 쳤다.

"믿기 싫으면 믿지 마라. 나도 별로 안 믿고 싶다."

저번에 잔뜩 심술이 나서 생일 선물 목록이 마음에 안 든다고 다시 써달라고 신경질을 부린 뒤 팩 토라져 가 버렸던 걸 잊지 않으셨는지 이현 형님이 가면서 읽으라며 주신 거다.

이름하야 새로운 선물 목록, 이랄까?

나채환이 눈을 깜빡거리며 저가 본 진이현과 이 편지를

쓴 진이현과의 상관 관계를 고민하느라 잠시 방심한 사이, 종잇장은 다시 정한수의 차지가 됐다.

"일 번은 그렇다고 치자. 용이 있으면 잡자는 거니까."

없으면 말자는 거고.

그 정도야 농이라 여기면 크게 이상할 것도 없지 않은가. 그러니 중요한 건 다음부터 이어질 내용이다.

마른침을 한 번 꿀꺽 삼킨 정한수가 입을 열었다.

"두 번째 항목의, 새로운 무공을 만들어 유청이 네 이름을 붙여주겠다고 하신 건…… 설마 너도 허락한 거냐?"

초식을 사용할 때마다 유청이 녀석의 이름을 소리쳐야 하거나, 녀석의 상판을 머릿속으로 그리게 된다면…….

이건 뭐, 제대로 쓸 수 있는 무공이 될는지 장담할 수가 없었다.

싸움을 하는 상대방도, 초식을 쓰는 당사자도 난감해지는 건 당연한 거고. 만약 그 둘이 다 유청이 녀석과 연관된 이들이라면…….

무공이 강하고 약한지에 따라 승패가 갈리는 게 아니라, 사이가 좋은지 나쁜지에 따라 결과가 나뉠 듯.

그것도 좀 우습게 끝나거나, 아주 심각하게 부딪치거나 할. 극명한 차이를 두고 말이다.

"근데 정말 그런 게 있었던 거냐? 그 세 번째 항목 말이다."

"그러게. 말만 그렇게 하지, 농담인 줄 알았는데."

나채환이 툭 뱉어낸 말에 정한수도 합세하여 유청에게 채근하는 눈빛을 보낸다.

세 번째 항목은 진유청이 복수하겠다고 적어 놓은 인명록을 확인하고 함께 강호행을 하자는 거였는데.

다른 사람도 아니고 철면검객 진이현이 제 동생한테 해코지한 사람들을 하나하나 찾아내 복수하러 다니는 건 상당히 볼썽사나운 일일 듯.

게다가 말이 일기요, 인명록이지.

그게 이현 형님 손에 들어가 유청이 작심을 하고 달려들게 되면, 거의 살생부 수준이 될 터가 아닌가.

두 녀석이 다 그건 절대 안 된다는 듯이 고개를 설레설레 젓는 걸 보니, 아무래도.

"니들은 아니구나."

진유청은 대체 누가 자신의 비밀을 형님께 고스란히 갖다 바쳤는지에 대해 고민하고 있었는데 적어도 눈앞의 둘은 아닌 듯해 다행이었다.

만약 저 둘 중 하나거나 혹은 둘 다였다면 섬서로 가는 길이 결코 평화롭지는 않았을 테니까.

유청에게서 뿜어져 나오는 기세가 심상치 않자 오히려 나채환과 정한수가 당황했다.

혹시. 설마. 정말?

“……유청이 너. 이거 진짜로 니가 해보고 싶었던 것들 목록이었던 거냐?”

이현 형님의 과도한 동생 사랑이 아닌.

섬서까지 가는 동안 발걸음이 무거워지지 않을 수 있게 한 번 웃으라고 배려해 주신 것도 아닌.

“무진이 녀석이 분명해. 섬서에 같이 간다고 조르는 걸 몇 번 쥐어박고 안 된다고 했더니만 완전 삐쳐서는. 이현 형님한테 쪼로록 가서 다 고자질한 거야.”

대답 대신 딴소리를 하는 진유청의 눈꼬리가 가늘게 접혔다.

순둥이의 탈을 쓴 새끼 늑대 같으니라고!

꼭 해보고 싶다고 한 것도 아니고 그냥 재미있겠다 내지는 한 번 해보고 싶다, 정도의 이야기였는데!

고걸 다 고해 바친 거다.

물론 형님께서 유청 자신이 좋아하는 게 뭐냐고 먼저 운을 떼셨을 수는 있지만 거기다 대고 미주알고주알 다 떠들어댄 건 무진이 녀석일 테니. 니 죄가 아주 크구나, 무진아.

진유청이 이를 득득 갈았다.

나채환과 정한수가 종잇장을 멀뚱히 보다가 유청에게 슥 내밀었다.

“괜찮아. 세상엔 다양한 사람들이 존재하니까.”

이런 걸로 부끄러워할 필요 없다는 위로다.

하나 그런 면에서 나채환은 정한수에 비해 여전히 부족한 게 많았다.

"좀 찌질하고 없어 보이는 소원들이지만, 재미는 있었다."

특히나 아리따운 아가씨들과 술, 고기에 대한 집착. 잘 봤다.

유청이는 앞으로 걱정 없겠구나 싶다.

이현 형님께서 아가씨만큼은 당신 능력으로 해줄 수 있는 게 없지만 술과 고기는 원하는 만큼 어떻게든 대주신다고 한데다.

당신 등 처먹으면서 호의호식하며 늙어갈 수 있도록 열심히 노력하겠다고, 까지 하셨으니.

험한 황궁에서 유청이 못지않게 성질 더러운 황태자 전하 비위 맞춰 가며 형부상서 어르신과 경찬이를 챙기느라 뼛골 빠질 나채환 자신에 비하면 유청이 녀석은 노후가 창창히 보장된 거나 다름없지 않은가.

솔직히 크게 부러운 건 아니었지만, 대단하긴 했다.

얼핏 봐도 찬바람이 쌩쌩 도는 데다 아직 서른이 안 된 나이라곤 볼 수 없을 위엄과 무게까지 갖추고 있던 이현 형님이…… 그 진지한 얼굴로 진심을 담아 저런 걸 쓰게 하다니.

　　나이 차 많이 나는 막내 동생이란 게 무섭긴 무섭구나. 특히나 그게 유청이처럼 요망스럽기 이를 데 없는 녀석이라면, 훨씬 더.

　　"난 저런 동생이나 사제가 없어서 다행이야."

　　다른 데선 전혀 보일 리 없는 표정을 자신에게 짓게 하며, 홀딱 벗겨 먹는지도 모르고 마냥 흐뭇해하며 제 간 쓸개 다 빼주게 만드는 요물.

　　정한수의 말에 같은 생각을 하고 있던 나채환이 호응했다.

　　그래 봤자 크게 변화 없는 얼굴에 약간의 감정을 담은 채로, 상체를 뒤로 빼 유청과 거리를 벌이는 정도였지만 말이다.

　　아니, 이 녀석들이!

　　발끈한 유청이 표정을 수습하고는 최대한 밝게 얘기했다.

　　"동생이나 사제는 없지만, 하나 있는 거 있잖아. 나 같은 친구!"

　　나 같은 친구인, 나.

　　나, 진유청! 너희가 그렇게 내가 진저리쳐지게 좋다면야, 아주 찰떡같이 달라붙어서 평생을 안 떨어져 주마!

　　진유청이 씩씩거리며 다짐에 다짐을 더했다.

“잘 가고 있겠지?”

“염려 마십시오. 섬서에 닿기 전까지는 별일 없을 겁니다.”

진호철은 몇 번째 같은 얘기를 되풀이하고 있고, 진이현은 질리지도 않고 평온한 어조로 그를 안심시킨다.

멀리 배웅을 나섰던 참인데다, 맹으로 돌아가는 길까지 느릿하게 시간을 끌며 걷고 있어 그런지. 쓸쓸한 기분에 겹쳐진 걱정이 쉬이 가시질 않았다.

“사실, 너무 단출한 인원으로 간 게 아닌가 싶어 나도 영 신경이 쓰이네.”

청기자가 유청 일행이 멀어져 가고 있을 방향을 향해 고개를 돌린 뒤 말했다.

진유청은 소운찬을 필두로 한 반쪽의 화산파와 초린대 인원만 동행해 섬서로 떠났기 때문이다.

당양지사를 함께 겪었던 강수나 오자경, 장웅 등이 화산의 일은 남의 일이 아니라며 같이 가자 나섰지만 거부당했다.

“우리가 배웅을 하겠다며 다 같이 맹을 빠져나와 먼 길을 함께 이동했으니 저들이 섬서로 떠나는 일행의 면면과 숫자를 확인하지 못해 그나마 다행이긴 한데…… 그게 얼마나 도움이 될는지…… 쩝.”

홍개가 머릴 긁적거린다.

여기 있는 이들이 누군가. 무림 거대 문파에서도 손꼽히는 곳의 장문인만 셋이오, 그 밑의 장로들은 말할 것도 없고. 무림맹의 떠오르는 별이라 불리며 첫손가락에 꼽히는 철면검객 진이현까지 함께가 아닌가.

그러니 나쁜 놈들도 몰래 따라오거나, 섣불리 감시를 붙일 생각은 못했을 터.

자신들이 맹에 도착하기 전까지는 동심회에서 누가 없어졌는지 확인하기 어려울 것이다.

그 사이 유청이 일행은 한 발자국이라도 더 흔적을 지운 채 멀리 가 있을 수 있을 테고.

하나 그건 아무것도 하지 않는 것보단 조금 나은 수준일 뿐, 큰 도움이 되진 못할 거란 걸 자신들도 알고, 저들도 알았다.

"어차피 숫자로 밀어붙이는 이들을 당해내긴 어려우니, 자기들은 최대한 신속하게 이동하며 적들을 피해 다니는 게 최선의 방법이라 하지 않던가."

그것도 그렇지만, 진유청이 굳이 단출하게 일행을 꾸려 섬서로 향한 건 무림맹에 남아 있는 동심회 식구들이 걱정됐기 때문일 것이다.

동심회 식구들 중엔 무공이 뛰어나지 않은 이들도 많이 있었으니까.

"생각해 보면 이현이의 말이 틀린 게 없는 거 같소이

다. 우리는 그 아이에게 너무 많이 의지하고 있다오.”

소신선이란 이름하에, 말이다.

소림의 목인이 말끝에 한숨을 섞었다.

진호철이 슬쩍 첫째의 얼굴을 살핀다. 진이현은 괜찮다
는 듯이 고개를 끄덕여 보였다.

“조금씩 나아지고 있지 않습니까. 그 아이 혼자 걸어가
게 하지 않으려고, 우리도 손에 피를 묻힐 각오를 하고 일
보전진(一步前進) 했습니다.”

진이현이 일행과 시선을 하나하나 맞추며 말을 이었다.

“그렇지 않습니까?”

그와 눈이 마주친 이들이 결연한 표정을 지었다.

거대 문파의 장문인부터 하남 진가장 때부터 함께 자라
온 중소 문파의 주인들까지 다 같이, 다르지 않게.

함께 살아가는 데 익숙하고 그것을 좋아하는 이들이 더
는 참지 못하고 검을 빼 든 것이다.

“이대로 우리가 휑하니 사라져 버리면 저들은 닭 쫓던
개 꼴이 돼 무림맹 지붕만 쳐다볼 텐데…… 어떻습니까?”

“에엥? 이현아. 그게 무슨 소리냐?”

자신들이 준비한 건 어쩌고 말이다.

게다가 다른 건 몰라도, 무림맹이 크게 흔들릴 텐데 학
관의 교두들과 하급 무사들에겐 동요하지 말고 제 할 일
에만 집중하라 미리 이야기를 해두어야 했다.

홍개가 눈을 휘둥그레 뜨자 이현이 제 의도를 정확하게 밝힌다.

"예전에 제가 가출한 유청이를 찾겠다고 천하를 떠돌아다니다가 진가장으로 돌아올 때 다 같이 절 마중 나오셨던 적이 있지 않습니까?"

"그랬지."

마중 한 번 나갔다가 아주 난리도 아니었다.

그러나 그때 유청이 녀석이 제 형인 이현이를 마중 나가자고 조르지 않았으면…… 더 큰일이 날 뻔했다.

아마 그때부터였던 듯. 무림맹을 정화하자고 얘기하던 동심회가 본격적으로 무림에 닥친 위기에 대비하며 준비를 시작한 것이.

"자네는 나들이가 가고 싶은 게로군."

이현의 말을 바로 알아듣지 못하고 그때의 기억 속에서만 헤매는 홍개를 보고 혀를 찬 청운자가 도움을 준다.

"그렇습니다. 그 나들이라는 거, 저만 못해본 것 같아서 말입니다."

진이현은 단번에 대답했지만, 글쎄…….

"그게 나들이 가고 싶다는 얼굴이냐? 누구 하나 잡아서 끝장을 내고야 말겠다는 의지가 엿보이는데?"

오자경이 양 어깨를 으쓱거리며 이죽거렸다.

한쪽 눈을 가린 안대가 그림처럼 멋들어지게 어울리는

지라 맹에서 자신이 지나갈 때마다 아리따운 소저들이 얼굴을 붉히며 어쩔 줄 몰라 하는 걸 보니…… 아무래도 쾌검공자보다 더 좋은 별호가 곧 생길 거 같다는 자화자찬의 대가.

그 정도의 꺾이지 않는 줏대가 있으니 장문인들도 조금은 어려워하는 이현에게 막 말을 던질 수 있는 거겠지만.

"초대하지 않은 손님이 온다면야, 그럴 수도 있지."

근방을 배회하고 있을 타 문파의 무인들을 가리키는 거다.

"그래, 안 오면 아무 일도 일어나지 않는 거다. 안 오면!"

자신들이 판을 벌인 채 오래 자리를 비우면, 무슨 일인가 싶어 여기저기 들쑤시는 이들이 생겨날 수밖에 없겠지만…….

그건 그들 사정이고.

처음부터 안 오면 되는 거다. 자신들이 일부러 주변을 빙빙 돌라 시킨 것도 아니요, 오길 기다리며 함정을 판 것도 아니니까.

"작정하고 떼로 몰려오면 어쩌려고 그러십니까?"

나쁜 놈들이 당장에라도 밀려닥칠 거 같은지 장웅이 주변을 휘휘 돌아본다.

"무림맹 인근에서 무당과 소림, 개방의 어르신들도 계

신 무리가 공격을 당했다고 하는 건 너무 속이 빤히 보이는 일이 아니냐. 게다가 저들도 나름대로의 계획을 세워 두었을 텐데, 갑작스런 우리의 행동에 맞춰 바꾸기가 쉽진 않을 게고."

무엇보다 자신들을 공격했을 때, 한꺼번에 모두를 죽일 수 있을 거란 자신이 있지 않고서는 절대 시도하지 못할 거다.

여기 있는 이들 중 하나라도, 특히나 영향력이 있는 인물이 살아남아 저들의 악행을 증명할 증인이 되면 수습이 불가능할 테니까 말이다.

"그러니, 나들이. 하시겠습니까?"

진이현이 건조한 목소리로 물었다.

"그, 그래. 하자꾸나."

선두를 끊은 진호철에 이어 다들 동의하는 분위기다.

유청이 녀석을 보내고 마음도 좋지 않은 차에, 잘됐다.

오라고 한 적 없으니, 나쁜 놈들도 그냥 안 오면 되는 거다. 안 오면.

하나 그럼에도 불구하고 왔다면……. 값은 치러야겠지.

그렇게 생각했다, 모두가 다.

"사람들이 유청이 닮아가나 봐요."

"그럼 얼마나 다행이냐."

목인이 제 등 뒤에 숨어 얼굴만 빼죽 내밀고 있는 무진을 돌아보며 웃었다.

세상 사람들 모두가 유청이 같아지기만 한다면, 여기가 얼마나 살기 좋은 곳이 될까.

그렇지만 그건 현실적으로 불가능하니, 동심회 사람들이나마 그렇게 변해가고 달라진다면…… 그거로도 충분히 세상에 좋은 영향을 끼칠 수 있을 거다.

목인은 진심으로 한 말인데 무진은 울상을 짓는다.

다들 유청이가 한참 심통 났을 때와 비슷한 표정을 짓는 게. 유청이의 남 괴롭히기 좋아하는 성격이 그대로 옮아간 거 같은데…….

그게 그렇게 다행인 건가?

무진으로선 이해하기 어려운 일이 세상엔 아직도 많은 거 같았다.

혹시 무진 자신이 살짝 찔리는 게 있어서 더 그런가?

유청이가 알면, 분명 머리통이 남아나질 않겠지?

무진이 반들반들한 머리통을 제 손바닥으로 슥슥 문지른다. 괜찮다, 아직은 무사하니까.

왜 이현 형님이 똑바로 눈을 맞추면서 뭔가를 물어보면, 저도 모르게 아는 걸 고대로 술술 불고야 마는 건지.

에휴.

무진이 입술을 삐죽거리며 한숨을 길게 내쉬었다.

"가자꾸나."

목인이 한 손을 뻗어 무진의 등을 감싼다.

일행은 나들이를 할 만한 장소를 찾아 이동했다.

무진은 사부님의 뒤를 바짝 쫓아가면서도, 몇 번이나 고개를 돌려 유청이 간 길로 시선을 준다.

잘 다녀와!

유청이가 와서 자신을 들들 볶을 걸 생각하면 좀 무서웠지만. 유청이 녀석은 좀 많이 못됐지만.

그래도 무진은 언제나 유청의 편이다. 무진은 마음속으로 몇 번이나 유청을 향해 손을 흔들어 인사를 했다.

"살펴보라 보낸 이들이 아직도 돌아오지 않았다는 건가?"

"그렇다고 합니다."

남궁민의 대답에 제갈건의 얼굴이 일그러진다.

일전의 사달 이후 가주에게 차마 표현할 수 없을 만큼의 수치를 당해야 했던 그는 실패가 두려워졌다.

제갈세가의 누군들 가주의 매서운 눈에서 벗어날 수 있겠냐마는, 항상 자신감이 넘치는 데다 스스로의 능력에 눈곱만큼의 의혹도 품지 않고 있던 제갈건조차 보이지 않는 그물에 메어 있는 것처럼 답답함을 느끼게 된 것이다.

"중도파에서 다시 근방을 수색해 본다고 나서기에 일단 말렸습니다."

“잘했네.”

가는 족족 없어지는데 보내면 무엇하리.

만약 이 일이 동심회의 놈들이 꾸민 거라면…… . 무림 맹에 있는 이가연합과 중도파가 한꺼번에 달려들어 덮치지 않는 한 각각 쪼개져서는 상대도 안 될 것이다.

동심회는 강했다. 일대일로는 무림 사천 중 누구도 동심회를 상대할 수 없을 만큼.

“괜찮을까요?”

보낸 이들의 신상이 걱정된다기 보다, 그들이 죽거나 크게 다쳐 있으면 큰잎을 앞두고 사기가 떨어지지 않겠나.

“동심회의 가장 큰 약점은 피를 보지 않고 일을 해결하려는 거라네.”

잃는 게 싫으면 얻는 것도 없는 건데.

저들은 웃는 낯으로, 손을 깨끗하게 한 채 원하는 걸 얻으려고 드는 거다.

정치를 하지 않으려 하면서, 힘으로 뭔가를 바꾸려 하지도 않고.

암암리에 동심회를 공격하거나 문제를 일으켰던 문파들도 있을 텐데 아직까지도 큰소리가 나지 않은 것만 봐도 그렇다.

“하나 얼마 전 장보도의 일 때, 강한 행동을 취하지 않았습니까?”

남궁민은 그것이 동심회가 더 이상 무림맹 타문파의 행사에 끌려다니지 않겠다는 의지의 발현으로 보였다.

"흐음. 그때의 일도 따지고 보면 보물을 쟁취하기 위한 싸움에 끼어들고 싶지 않다는 뜻을 밝힌 거 아니겠나?"

분명 말은 그러했다.

그리고 장보도가 처음 발견됐을 당시를 떠올려 봐도, 동심회는 거기에 아주 작은 관심도 보이지 않지 않았나.

분쟁을 피하고, 욕심이 없는 무림문파라.

게다가 중소 문파나 하급 무사를 일일이 챙겨 도움을 주고, 함께 어우러지려 했다.

"듣고 보니 그렇습니다."

남궁민이 수긍했다.

자신들로선 이해가 가지 않는 행동이 많았고, 그 모든 게 동심회에게는 그들을 그들로 있게 하는 선택이었을지 몰라도 타 문파에게 약점을 드러내는 결과를 초래한 것이다.

"이번 일을 잘 처리하고 나면 이가연합은 다시 한 번 도약할 수 있을 것이네."

제갈건은 최대한 빠르게 동심회의 일을 처리한 뒤 인의회가 없는 걸 기회 삼아 맹 내의 일을 완전히 정리할 작정이었다.

"화산이 하나가 돼 돌아온다 해도, 인의회에서 할 수

있는 건 그리 많지 않을 겁니다.”

남궁민이 고개를 끄덕거리며 입가를 말아 올렸다.

오만한 얼굴에 서려 있는 광기는 그가 제갈건을 향해 대답하면서도 머릿속으로 누구를 떠올리고 있는지 알게 한다.

주인과 영웅의 그릇이 부딪치면, 누가 먼저 깨져 나갈 것인가.

예전이었다면 제갈건은 후자 쪽이 산산이 부서진다는 데에 일말의 주저함도 없이 돈을 걸었지만…… 지금은, 글쎄.

가슴속 깊숙한 곳에서부터 확신할 수 없는 불길한 기운이 뭉클거리며 피어오른다.

제갈세가에서 남궁민을 밀어주는 건, 그가 주인 된 자로서 갖춰야 할 모든 걸 이미 갖고 있고 충분히 활용하기 때문이다.

남궁민이 남궁세가의 주인이 된 뒤 더 나아가 무림맹의 큰 기둥이 돼 동맹이자 정략혼으로 묶여 있는 제갈세가와 함께 걸어갈 거라 여기기에.

그렇게 될 거라 확신하는 저변에 깔려 있는 건 핏줄이나 감정으로 맺은 신뢰가 아니다.

두 세가는 서로가 서로에게 가장 원하는 바에 부합한 이득을 줄 수 있다는 축적된 경험이 그런 선택을 가능하게 했다.

그러니 남궁민은 제갈세가를 실망시켜선 안 됐다.

그렇게 되면 공고히 다져졌던 이가연합의 틀이 뿌리부터 흔들릴 테니까.

진이현의 존재가 남궁민의 완벽함에 벌써 작은 균열을 만들지 않았는가. 그것이 더 벌어지는 일은 없어야 했다.

물론 제갈세가 또한, 장보도의 해석과 관련된 일로 흠을 잡혀서는 안 되겠고.

외부 세력이 끼어들어 제갈세가에 문제가 생기자마자 제갈미미를 차단해 남궁세가로 말이 들어가는 걸 막고, 보안에 신경 쓴 이유다.

연합이기에 더, 제 가문의 밑바닥을 보여서는 안 될 때가 있는 법이니까.

"동심회가 언제쯤 돌아올지 모르겠군."

거기에 맞춰서 계획을 진행해야 하는데. 그들의 예기치 않은 행동으로 인해 벌써 한 걸음은 어긋나 버렸다.

"혹시…… 우리 계획을 눈치챈 건 아닌지. 저러다 그대로 사라져 버리면 일이 골치 아프게 되지 않겠습니까?"

싸움이 싫다는 이들이니 미련 없이 다 버리고 가 버릴 수도 있는 거 아니겠나.

남궁민이 미간을 찡그리자 제갈건이 고개를 저었다.

"그러기엔 맹에 두고 가는 것들 중 걱정되고, 아까운

게 너무 많을 걸세. 하급 무사들이나 학관, 그리고 교두들. 게다가 저들이 맹에 와서 잡은 기반이 의외로 단단하지 않나."

게다가 그렇게 가 버린다고 해도 딱히 자신들이 손해 볼 건 없었다.

나중에야 어떻게 될지 모르지만, 당장은 아무 무리 없이 그들이 남겨두고 간 기반을 흡수할 수 있게 될 테니까.

그 경우 가장 마음에 드는 건, 인의회가 자리를 비운 사이 맛있는 부분을 먹을 수 있다는 게 아니라 그들이 돌아왔을 때부터 맛없는 부분이 시작된다는 것이다.

이득을 누가 보았든 맹에 함께 있는 이상 뒷감당은 같이해야 할 테니까 말이다.

그렇지만 제갈건은 뒤에 떠오른 생각은 일부러 언급하지 않았다. 그리되면 분명…….

"아아."

작게 탄성을 뱉어낸 남궁민이 이해를 한 듯 눈가의 걱정을 던다.

그 모습을 곁눈질로 확인한 제갈건은 방금 전 자신의 판단이 옳았다는 확신이 섰다.

남궁민은 동심회가 이대로 사라지는 걸 절대 용납하지 않을 테니까.

균열은 진이현이 건드리지 않고 있음에도, 조금씩 스스

로 틈을 벌이고 있었다.

　"뭘, 어떻게 찾으란 건지……."
　맹을 나선 동심회 소속 무인들의 흔적을 찾으라는 명령을 받고 수색한 지도 꽤 오랜 시간이 흘렀다.
　한데 아무리 찾아도 없는 거다.
　게다가 더 문제는, 자신의 기척을 상대가 읽어 감시받거나 미행당하고 있다고 여기면 안 된다고 한 건데.
　"젠장. 그게 말이 되나?"
　청년이 인상을 일그러트리며 욕을 뱉었다.
　자신이 맹의 고만고만한 이들 사이에선 제법 알아주는 실력자라 하지만 하늘 같은 동심회 소속 장문인들에 비하면 땅 위를 기어가는 개미 정도라 해야 할까?
　어쩌면 그보다 못한 수준일지도.
　그러니 자신은 동심회가 근처에 있어도 느끼지도 못할 거다. 그들이 자신의 존재를 읽는 게 훨씬 빠르고, 당연한 거겠지.
　그런데 어떻게 자신이 기척을 죽이고 그들 앞에 나서지 않을 수가 있단 말인가! 그냥 운이 좋아서 마주치지 않거나, 동심회 사람들이 알아서 먼저 피해주는 게 아니라면 말이다!
　저 혼자만의 능력으론 절대 불가능한 일이었다.

"그냥 돌아가야 하나."

청년은 고민했다.

같이 왔던 동료들도 한참을 헤매도 아무것도 찾을 수 없으니 뿔뿔이 흩어져 주위를 훑기로 했는데 그 뒤론 조용히 사라져 버렸다.

"사부님께 혼날 텐데."

청년이 한 번 더 고심하지만 결국 돌아가기로 하는데…….

으음?

갑작스레 청년의 등줄기를 훑는 싸한 느낌. 기묘한 간지럼이 온몸을 타고 흐른다.

그가 고개를 돌려 주위를 살폈으나 역시나 좀 전과 같다. 딱히 이상한 거라곤 없었다.

"뭐지?"

오늘 너무 고생을 했나 싶은 게 얼른 돌아가 청성의 제 숙소에 누워 눈이라도 붙여야겠다고 생각하던 청년의 코앞으로 뭔가가 불쑥 튀어나왔다.

코가 닿을 거리. 왕방울처럼 치뜬 시뻘겋게 충혈된 커다란 눈알이 저를 직시하고 있다?

"그러게 왜 왔어? 안 오면 아무 일도 없는 건데."

청년의 귀로 음산한 목소리가 파고들었다.

"으아아아악!"

청년이 비명을 내지르며 사지를 바동거리다 그대로 기절했다.

"내가 뭘 어쨌다고?"

홍개가 바닥에 널브러져 있는 청년을 내려다보며 고개를 갸웃거린다.

"자네야 별짓 안 했겠지. 하나 저 청년에겐 자네의 얼굴 자체가 별짓인 모양이네."

청운자가 혀를 차며 청년의 팔 한쪽을 집어 들었다. 그리곤 그대로 질질 끌어서 어디론가 향한다.

무슨 소린가 곰곰이 생각하던 홍개가 발끈해서 달려가 배를 하늘로 향한 채 질질 끌려가는 청년의 배를 꾹꾹 발로 밟아주었다.

"웅이, 자네. 참 대단해. 어떻게 이런 걸 다 갖고 다니나?"

홍개가 잡아온 청년을 끈으로 꽁꽁 묶으며 감탄했다.

미련 곰퉁이란 말은 정말이지 눈앞의 장웅에겐 어울리지 않는 표현이었다.

은근히 눈치 빠르지, 손도 날래고, 머리도 잘 돌아간다. 그런데 준비성까지 뛰어났던 것이다.

나들이 중 돌아가며 근방을 훑고 눈에 띄는 놈들을 한 명 두 명 잡아온 게 벌써 삼, 사십 명은 족히 될 만큼 쌓여 있었다.

저것들을 어쩌나 고민하던 차에, 장웅이 등에 짊어지고 있던 봇짐에서 끈과 천 같은 걸 바리바리 꺼내기에 일단 묶었다.

"없는 거 보단, 있어서 편한 게 나을 테니 꼭 가져가라고 하더군요. 어차피 짐은 자기가 지는 게 아니니까요."

"유청이군."

말투가 딱 그 녀석 거였기에, 홍개는 틀림없을 거라는 확신을 갖고 말했지만.

"아닙니다."

장웅이 고갤 젓는다.

"그럼 누군가?"

유청이 같은 녀석이 또 있나 싶어 홍개가 의아한 듯 묻자 장웅이 오자경이 있는 곳을 향해 눈짓을 했다.

"유청이에게 그 사실을 배운, 자경이 녀석이요."

힘없이 대답하는 장웅을 본 홍개가 그의 어깨를 두드려 줬다. 딱 봐도 자질 좋고 뛰어난 청년이 어쩌다 하나 보기도 힘든 성깔을 둘이나 만났을꼬?

"팔자지요, 뭐. 괜찮습니다."

작은 위로에 금세 신색을 회복하고 머릴 긁적이며 순박하게 웃는 모양새가 오히려 더 안쓰럽다.

홍개는 진호에게라도 저 곰 같은 형님을 잘 대접하라

시켜야겠다고 다짐했다.

"이제 슬슬 가는 게 좋겠습니다."

진호철이 사람들의 반응을 살폈다.

"그러는 게 좋겠소이다. 마음 같아선 며칠 더 있고 싶지만 그랬다간 여기에 사람으로 쌓은 산이 생길 거 같구려."

개방의 방주 상개가 껄껄 웃으며 턱으로 기절한 채 차곡차곡 포개져 있는 정탐꾼들을 가리켰다.

"뭐, 나쁘지 않은 나들이였습니다."

그가 데려온 이들은 기절한 상태에서도 앓는 소리를 내며 괴로워했기에 진호철로 하여금 어색한 표정을 지으며 주위의 양해를 구하게 했던 진이현도 툭툭 털고 자리에서 일어났다.

그중 몇몇 이들이 기절한 정탐꾼들을 꽁꽁 묶은 뒤 손으로 잡아당길 수 있게 빼놓은 끈의 끄트머리를 손에 쥔다.

"가는 동안에 마주치는 이들까지 잡으면 수가 더 늘어나겠군."

홍개가 피식 웃는다.

준비가 끝나자, 동심회 일행은 맹으로 돌아가기 위해 발걸음을 내디뎠다.

“왔습니다!”

제갈건은 밖에서 들려오는 소리에 얼른 집무실을 나섰다.

함께 있던 남궁민도 얼른 뒤를 쫓는다.

“동심회가 왔더냐?”

“네, 그, 그런데…….”

말을 전하러 온 무사의 얼굴이 심상치 않았다.

“무슨 일인데 그러느냐?”

“나가 보시면 아……실 겁니다.”

제갈세가 소속 무사로 어지간한 일엔 꿈쩍도 하지 않을 만큼 훈련이 잘된 이가 이런 반응을 보이자 제갈건이 입술을 질끈 깨물며 숙소를 나섰다.

밖에 나가니 제갈건 자신만이 아니라, 다른 문파의 사람들도 우르르 몰려가고 있다.

“대체 이게 어떻게 된…….”

제갈건이 저도 모르게 중얼거리다 입을 닫았다. 다들 파도에 휩쓸린다 하여 자신까지 동요하는 모습을 보여선 안 되지 않는가.

그는 입을 꾹 다문 채 발에 힘을 주어 앞으로 쭉쭉 나아갔다, 그리고.

“말도 안 돼!”

정문에 도착했을 때 보이는 광경에 더는 참지 못하고

입을 쩍 벌릴 수밖에 없었다.

"잠시 일이 있어 나갔다 온 것뿐인데, 이렇게 마중을 다 나오고. 무슨 일이라도 있었던 게요?"

먼저 도착해 있던 청기자가 부드러운 어조로 제갈건에게 말을 걸었다.

"그리 물으시는 장문인께서는 대체 무엇을 하고 계신 겁니까?"

아직도 정신을 차리지 못한 제갈건 대신 남궁민이 희미하게 얼굴을 굳힌 채 물었다.

"아, 이거 말인가?"

청기자가 웃으며 허리에 두르고 있는 끈을 가리켰다. 그리곤 등 뒤로 매듭을 진 끈과 이어져 있는 다섯 개의 줄을 슬쩍 잡아당긴다.

지지직!

바닥 긁히는 소리와 함께 다섯 명의 사람이 딸려왔다.

남궁민은 그중 남궁세가나 제갈세가의 인물이 있는지 확인했으나 다행히 없었다.

"장문인께서 체통을 지키시지 않으시고…… 장난이 너무 과하셨습니다."

평소라면 건방진 언행으로 질타를 받아 마땅했겠지만 지금은 다들 남궁민의 말에 동조했다.

하지만.

“뭐, 어떤가. 소림 방장이나 개방 방주도 하는 건데, 무당 장문인만 못할 게 무어 있을꼬?”

돌아온 답변에 남궁민을 비롯해 정문으로 달려 나왔던 이들이 마른침을 삼켰다.

말이 끝나기 무섭게 저편에서 무림맹 정문을 향해 다가오고 있는 거대한 기운을 느낀다.

설마?

좌중이 움찔하여 고개를 돌렸다. 그리고 차마 확인하기 두려웠던 그것의 실체를 확인한다!

“허억!”

왜 정문에서 동료가 오길 기다리던 각 파의 무사들이 청기자를 보고 파랗게 질려 제 문파로 달려갔는지 알 것 같은 광경이 펼쳐졌다.

청기자의 말대로다.

소림의 방장부터 시작해 동심회 소속 무인들이 하나같이 허리에 띠를 두른 채 날아오고 있다!

한 사람이 날면 그와 연결된 서너 개에서 많게는 예닐곱 개의 줄이 팽팽하게 당겨지고, 그 줄 한 가닥에 하나씩 묶여 있는 사람들까지 하늘로 붕붕 떠올랐다.

저것은 마치…….

“연을 날리는 거 같구려.”

누군가의 입에서 흘러나온 말에 대부분의 사람이 고개

를 끄덕였다.

한 명이 뛰면 등 뒤로 커다란 연이 몇 개씩 하늘을 향해 날아올랐다가…… 쿵!

바닥으로 곤두박질쳤다.

그나마 진기가 끊이지 않고 무공이 높은 이들의 연은 바닥에 닿지 않았지만 운이 나쁘게 그런 이들에게 매달리지 못한 연은 바닥과 부딪치는 횟수가 계속 늘어났다.

하늘을 새카맣게 덮을 정도라고 하면, 거짓말이겠지만 몰려나온 이들의 눈앞을 아득하게 만들 작정이었다면 완벽히 성공이다.

"청기자, 자네가 가장 먼저 도착했군!"

여섯 개의 연을 뒤에 붙이고 날아온 목인이 가볍게 지면에 내려섰다.

그는 마지막까지 배려가 있어 손끝에 기운을 실어, 저가 달고 온 연이 다치지 않고 사뿐하게 바닥에 떨어지도록 도왔다.

"운이 좋았네. 게다가 난 좀 가벼웠지 않은가."

"나도 한 명이 더 있었을 뿐이네. 상개에 비하면, 그다지 힘들다고 할 것도 없지."

"하하하! 자네들이 나를 알아주는구먼!"

상개가 등장했다. 무려 열 개에 가까운 연을 달고서.

그는 화통했고, 행동에 거침이 없었다. 아마 오는 동안에도 속도를 조절하며 달렸을 다른 장문인들과 달리 전력으로 내달린 모양.

바닥에 나동그라져 있는 그의 연들은 하나같이 흰 거품을 물고 있어 이곳에 오기까지의 참사를 짐작하게 했다.

"설명이 필요할 것 같습니다."

겨우 정신을 차린 제갈건이 어금니를 악문 채 얘기했다.

"설명이라…… 저기 이현이가 오니, 녀석에게 듣는 게 좋겠구려."

청기자가 한 발 뺐다.

뒤에 매달고 있는 연의 개수와 지닌 무공에 따라 도착하는 이들의 순서가 정해진다는 개념이 잡혀 있던 이들의 눈에 거대 문파의 장로들을 제치고 장문인들 바로 뒤에 바닥에 내려서는 진이현의 모습은 아주 크게 각인됐다.

게다가 연 또한 무려 여덟 개이지 않은가!

정문 앞에 도착한 진이현은 다른 이들보다 한 발 앞에 나서서 장문인들과 마주하고 있는 제갈건을 보고 저간의 상황을 추측할 수 있었다.

"초린대와 몇몇 분이 개인적인 용무가 있어 동심회를 떠나시게 돼 배웅을 나섰던 참이었는데…… 오다가 무림맹 주변과 우리들을 정탐하는 '정체불명의 무리'를 발견했습니다. 그래서 그들을 잡아 맹으로 데려온 겁니다."

제갈건의 눈썹이 하늘을 향해 솟구쳤다.

조금만 관심을 가져도, 살펴봤어도!

그 정체불명의 무리가 무림맹에 소속된 각 문파의 제자와 무사들이라는 걸 알아차렸을……

"그랬나……."

어깨가 오르락내리락하며 호흡을 고른 제갈건이 침중한 음성으로 대답했다.

따지고 들 수가 없다. 저들은 알고 보란 듯이 일부러 저런 거였으니까.

한, 둘도 아니고 동심회를 제외한 각 문파의 제자나 무사들이 뒤섞여 주변을 훑었으니 거기에 대해 추궁하면 자신들도 할 말이 없어진다.

고로 저들이 끌고 온 이들은 정체불명의 무리가 맞았다. 아니, 꼭 그래야만 했다!

동심회에 꼬투리를 잡히느니 차라리 그편이 나았으니까.

"찝찝해서 두고 올 순 없고, 그렇다고 이만한 숫자를, 그것도 기절한 장정들을 데려오기가 쉬운 일은 아니지 않나? 때마침 준비성 좋은 아이 하나가 있어 끈이 넉넉히 있기에…… 일단 묶었지. 처음엔 그냥 끌고 올까도 싶었지만, 그러면 바닥에 긁혀 사람이 너무 상하게 되지 않겠나. 아무리 소속도 모르는 낯선 이들이라 해도 그건 너무

했지 싶어 보기엔 안 좋았겠지만 이런 방법을 택할 수밖
에 없었다네."

상개의 설명이 덧붙여졌지만, 듣는 이들 중 고마워하는
이는 아무도 없었다.

속속 도착하는 동심회 무리들. 진호철도 제 무공이 드
러남을 부끄러워하지 않고 둘을 매달고 왔다.

"옥에 가두시고, 심문 후 결과를 애기해 주시겠습니
까?"

마무리할 때가 됐음을 느낀 진이현이 제갈건을 직시하
며 말했다.

"알았네, 그리하지."

제갈건이 나오지 않는 목소리를 쥐어짰다.

그런 제갈건 옆에 서 있던 남궁민은 진이현이 매달고
온 놈들의 얼굴을 확인한다.

남궁민이 이를 으득 깨물었다. 여덟의 얼굴이 다 낯익
었다.

말하자면, 모두 남궁세가의 무사들이란 뜻!

"너는 내가 상대한다."

남궁민이 저를 스쳐 지나가는 진이현에게 속삭였다.

처음 마주쳤을 때는 서로의 격차가 하늘과 땅만큼 벌어
져 있었다. 그때의 남궁민은 진이현이란 존재가 세상에
있는지조차 몰랐었다.

한데 이젠 모든 게 달라졌다.

같은 건, 그때나 지금이나 여전히 당당하며, 물러서지 않는 한 남자.

"언제든지."

진이현은 무심한 얼굴로 대답했다.

그는 남궁민을 스쳐 지나가 무림맹 안쪽으로 걸어갔다.

그의 허리에 매달린 줄과 이어진 남궁세가의 무사들이 바닥에 질질 끌려가다 실눈을 떴다.

헉!

헛바람을 들이킨 무사는 저를 죽일 듯 쏘아보는 대공자의 눈빛을 확인하곤 얼른 다시 눈꺼풀을 내리눌렀다.

바닥과 많이 부딪치거나 거칠게 달려온 이들에게 매여 있는 무사들 중엔 정신을 차린 이가 없었지만 섬세하게 공력을 운용해 이동한 이들에게 매달려 있던 이들 중엔 깨어난 이가 적지 않았다.

다만 정신을 차린 척할 수 없을 뿐.

동심회 사람들이 맹 안으로 모두 들어갈 때까지 그극거리며 바닥 긁는 소리가 계속 되풀이됐다.

"저들의 나약함을 증명하는 것뿐이니, 다들 흔들리지 마십시오. 아무도 죽이지 않고, 이런 우스꽝스러운 꼴로 우리 앞에 나타나 괜히 힘자랑만 하고 있지 않습니까?"

제갈건은 자신의 추론에 확신을 더했고, 사람들은 믿고

싶은 걸 믿기 위해 그의 말을 반론 없이 고스란히 받아들였다.

단 한 명, 남궁민만 제외하고.

그는 진이현이 절대 그냥 물러설 놈은 아니라고 생각했다. 잘 아는 것도 자주 마주친 것도 아니지만 느낄 수 있다.

놈은 자신의 천적(天敵)이었으니까!

남궁민의 눈가에 진득한 살기가 내려앉았다.

第十章

섬서에 이는 바람!

천호 윤중현은 도지휘동지 황학용의 부름을 처음 받았을 때만 해도, 자신이 이런 일에 끼어들게 될 거라곤 생각지 못했었다.

"연유도 알려주지 않고 갑자기 하남이나 하북에서 넘어온 무림인들을 죽여 없애라 하다니."

"머리에 먹물깨나 들었다는 높으신 분들 속셈을 우리가 어찌 알겠습니까. 그냥 하라면 해야지요."

윤중현이 백호였을 때 병사로 만나 이제는 천호와 백호로 재회하게 된 조겸이 어깨를 으쓱거리며 말했다.

"그건 그렇지만…… 영 꺼림칙하여 그러지. 마치, 관이 무림의 일에 개입하려는 거 같지 않나."

무림인을 경계하시는 황제 폐하께서 군을 움직이려 결정하셨다면 그게 어찌 섬서에 한정된 일이 되겠나.

한데 다른 곳은 모두 조용하단다.

오직 섬서만이 간간히 휘도는 바람 소리마저 카랑카랑하여 심상치 않은 기운을 뿜어내고 있었다.

"조용히 처리할 일인가 보죠. 우리 같은 놈들이 궁금하다고 기웃거리다간 모가지가 댕강! 아시잖아요, 윤 천호님도."

조겸이 손에 날을 세워 제 목을 스윽 스치고 지나가는 시늉을 하자 윤중현이 쓴웃음을 지었다.

그래도 덕분에, 시키는 일이나 잘하면 될 일인데 괜한 호기심으로 상황을 복잡하게 만들어 여러 사람 피곤하게 할 이유는 없다는 데에 생각이 미쳤다.

"그래, 일이나 열심히 하자꾸나. 황 대인께서 나선 일이라면 도지휘사이신 박 대인께서 허락하신 일이 아니겠느냐. 박 대인께선 철저히 원칙을 고수하는 분이시니, 미진한 부분이 있다면 그냥 넘어가지 않으셨을 게다."

윤중현이 머리를 휘휘저어 상념을 털어낸 후, 지도를 내려다봤다.

무림인들은 섬서성의 성도인 서안과 화산파가 들어 앉아 있는 화산, 이 두 곳을 노리고 있다 했다.

"서안으로는 강 천호가 갔으니 우리 몫은 화산이렷다."

윤중현의 검지가 지도 위를 헤맸다.

자신들의 소속은 섬서이기에 적들이 섬서로 넘어오기 전까지는 아무런 행동도 취할 수가 없었다.

그러니 저들이 경계를 넘어 섬서에 도착한 이후 잡아야 하는데, 경로를 어떻게 선택할까 감이 잘 안 온 것이다.

윤중현은 군대의 이동에 적합한 길은 알아도 무림인들이 길을 잡을 때 무얼 중요하게 여기는 지에 대해선 몰랐으니까.

"윤 천호님도 그러게, 미리미리 황 대인 눈에 들게 행동하지 그러셨어요. 그랬으면 강 천호님이 아니라 윤 천호님이 서안을 맡으셨을 텐데. 능력만 보면 윤 천호님이 훨씬 윗줄이건만."

조겸이 입맛을 다셨다.

드나드는 이들이 많다는 단점이 있다곤 해도…… 아무렴 무림 거대 문파인 화산의 눈치를 보며 주위를 살펴야 하는 자신들에 비할까.

게다가 성도는 항상 일정 병력 이상이 주둔하여 방비를 하고 있으니 유사시엔 그들의 도움을 받을 수도 있었다.

대체 그 무림인들은 뭐 주워 먹을 게 있다고 섬서까지 들어와서 사달을 일으키려는 건지.

"혹시 무림인들이 역모를 일으키려는 건 아니겠지요?"

저가 뱉어 놓고도 저가 깜짝 놀라 제 입을 두 손으로 막는 조겸을 보며 윤중현이 혀를 찼다.

"역모 상황을 미리 알았는데 달랑 천호 둘에게 이런 일을 시키겠나."

그들이 속한 무림문파부터 시작해 천하가 뒤집어질 일이다.

"뭐, 그렇긴 하지요. 그러니까 강 천호님은 무슨 일인지도 다 알 거 같다니까요? 윤 천호님도 박 대인만 믿고 계시지 말고 이제 슬슬 세상이 어떻게 돌아가나 관심도 갖고 그러세요."

조겸이 진심으로 말했다.

윤중현은 능력도 있고 사람도 보면 볼수록 괜찮은데, 저놈의 똥고집 때문에 천호 이상은 될 수 없을 거다.

아니지. 만약 운이 좋아 천호 이상으로 올라갔다가……

저 성질 못 버리고 윗분께 꼬치꼬치 따지고 들다 미움받게 되면 화를 입을 게 틀림없으니. 차라리 천호로 평생 있다 가는 게 나을지도 모르고.

"입은 고만 놀리고. 락남과 화음을 기점으로 잡아 화산 인근을 훑자꾸나. 무림인들이 화산을 향해 온다면, 걸리는 게 분명 있겠지."

"네! 다른 백호들에게도 그리 알리고 준비시키겠습니다."

조겸이 자세를 바로 하고 대답했다.

"화산."
"화산부터?"
나채환의 마음은 이미 서안으로 달려가고 있는 거 같지만, 그래도.
"응, 화산이 먼저다."
진유청은 결정을 번복하지 않았다.
"갈라져서 움직이는 건 어때? 유청이 너는 한수랑 화산으로 가고, 나는 우리 대원들이랑 서안으로 가고."
"채환이 너랑 네 대원들이 죽어도 상관없다면 안 말릴게. 안 말리는데! 너희가 죽고 나면 그 용새끼……가 아니라 멋지고 훌륭하신 태자 전하 곁에 누가 남을 거 같으냐. 아니, 그전에 그분이 내리셨다는 명령은 누가 수행하고?"
적어도 진유청 자신은 안 할 거다.
그 멋지고 훌륭하신 태자 전하께서 자신한텐 밥도 안 주고 황궁에서 쫓아냈던 거 기억 안 나나?
그런 사람이 뭐가 이쁘다고 내가 고생을 사서 하리. 절대, 안 해!
"용새끼라…… 혹시 유청이 너 이현 형님께서 주셨던 선물 목록 일 번에……."

옆에서 가만히 듣고 있던 정한수가 귀에 대고 속삭이는 말에 진유청이 기겁을 하며 녀석의 입을 손으로 막았다.

"알아. 니 마음 다 아니까 그만 말해도 돼. 걱정하지 마, 채환이는 내가 잘 설득하고 있잖아."

다정한 목소리와 다르게 눈빛은 살벌했다.

채환이야 알아도 그만이지만, 저기 초린대 대원들은 그 멋지고 훌륭하신 태자 전하를 위해 목숨도 초개처럼 버릴 수 있는 이들 아닌가.

자칫 잘못했다간 그게 진짜 용인 줄 안 순진한 우리 형님부터 시작해, 개망나니 아들이 다시 태어나 사람 구실 한 덕에 효도 좀 받아볼 뻔했던 우리 아버지까지……

깡그리 역모 죄에 걸려들지도 모르지 않나.

정한수는 유청이 눈으로 하는 말을 알아들었다는 듯 작게 고개를 끄덕였고 그제야 녀석은 손을 치워줬다.

"허…… 숨 막혀 죽을 뻔했네."

유청이 녀석은 한 손으로 입을 덮으면서 동시에 코도 막는 재주를 가졌다는 걸 처음 알았다. 고의가 아닐까 상당히 의심스럽지만!

"하여튼. 채환아, 잘 생각해 봐라. 죽어서 할 수 있는 일이면 모르겠는데, 죽어도 안 되는 거면 흐름이 맞아질 때까지 조금만 더 기다리는 게 낫잖아."

진유청은 흐트러진 분위기를 바로잡기 위해 정색을 하

며 말했다.

나채환이 입술을 일자로 다문 채 이마에 깊은 주름을 잡는다.

유청도 가능하면 모두가 원하는 대로 해주고 싶지만, 한 번의 선택에 따르는 결과가 하나뿐이라고 누가 그러나.

잘못된 한 번의 선택은 수십 수백의 오류를 낳으며 모든 걸 어그러트릴 수도 있었다.

"알았다, 초린대의 일은 조금 뒤로 미루도록 하지."

나채환이 결국 유청의 말을 받아들였다.

"잘 생각했다."

유청은 안도하여 대답했다.

녀석이 계속 고집을 부리면 어쩌나, 뒤통수를 때려 기절이라도 시킨 다음 끌고 가야 하나 싶었던 것이다.

"정신 차려라. 언제까지 그렇게 넋을 놓고 있을 거냐. 일단 결정이 내려졌으면 따르고, 최선을 다한다. 알았나?"

채환이 입장에선 섭섭했을 수도 있는 문제인데, 아무 일도 없었던 거 같은 얼굴을 하고 초린대를 다독이는 게 어른스럽다.

"우리 때문에, 채환이에게 미안하게 됐구나."

소운찬이 나채환의 뒷모습을 보며 중얼거렸다.

그래도 예전처럼 다 자기 탓이라며 의기소침해지지 않

는 게, 소장문인께서도 많이 변하신 듯.

"나중에 화산을 되찾으면 저 녀석이 오늘 어떤 마음으
로 물러섰는지에 대해 잘 되새기시고 꼭 물질적인 걸로
보답해 주세요."

진유청의 말에 소운찬이 어색하게 입가를 말아 올렸다.

"그, 그러도록 하마."

"사람들이 마음은 눈에 보이지 않는 거라고 하잖아요.
저는 그렇게 생각 안 해요. 좋고 비싼 걸 줄 수 있는 사람
은 가진 것 중 가장 좋고 비싼 걸 주는 게 진짜 마음인 거
고, 꽃 한 송이밖에 없는 사람은 꽃 한 송이를 주면 그게
또 진짜 마음인 거지요. 무얼 가졌느냐에 따라 달라지는
거지, 무조건 물질보단 마음이 중요하다며 말만 번지르르
하게 하는 건 딱 질색이라니까요."

계속된 압력에 소운찬이 말을 더듬었다. 대체 얼마나
큰 걸 줘야 이 마음이 제대로 전해질까 걱정된 거다.

"아, 알았대도."

소운찬은 화산의 재정에 대해 아는 바가 없었기에 정한
수를 돌아볼 수밖에 없었다.

"한수야, 잘 기억했느냐. 네가 장문인이 되면 꼭 저 말
대로 해야 한다."

"……네, 장문인."

정한수가 순간 움찔했으나 어쩔 수 없이 받아들였다.

"장문인께선 무림맹에 계시면서 어째 그런 것만 느꼈어
요?"

아무것도 모른다는 듯이 순진한 얼굴로 남한테 일을 떠
넘기는 거, 말이다.

"왜? 뭐가 잘못됐느냐?"

소운찬은 저가 왜 그런 말을 들어야 하는지 몰라 고개
를 갸웃거린다.

하는 걸로 봐선, 진짜 모르는 거 같은데. 그렇다면 저
건…… 타고난 건가?

소장문인은 주위 사람 참 피곤하게 하는 성격을 여러
가지로 갖추고 계신 분이신 듯.

"아니에요."

진유청이 가볍게 고개를 저었다.

자신만 안 피곤하면 된 거다. 한수가 지 팔자라며 떠맡
았으니 앞으로도 평생 알아서 잘하겠지.

"자, 그럼 우리 행선지는 화산입니다. 화산에 가서 화
산을 안정시키고 바로 서안으로 가면 되는 거예요."

앞에서는 관군이 막고 있고, 뒤에서는 인의회가 쫓아온
다.

그 와중에도 자신들은 화산을 정리해 소장문인과 한수
에게 돌아갈 곳을 만들어준 다음.

도지휘첨사 기신양을 만나 황학용의 비리를 파헤치고

화산과 관련된, 아니, 좀 더 정확히 말하자면 연이상단과 관련된 증거를 찾아야 했다.

하나같이 쉬운 일이 아님에도 진유청은 걱정이 되지 않았다.

왜냐하면 정말 큰 걱정거리가 따로 있었으니까.

섬서에서, 관군과 무림인이 뒤섞여 싸움을 벌인다는 사실, 자체. 이보다 더 큰 문제가 있을까?

그 싸움판 속에 자신이, 그리고 화산이 통째로 들어 있음에야 더욱더.

인의회에서야 연이상단주가 관을 책임지고 움직이니 알아서 정도껏 하고 덮어줄 거라고 생각하는 듯하지만, 글쎄…….

세상일이란 게 그렇게 다 뜻대로 되는 거라면 진유청 자신이 왜 이러고 살겠나?

집에서 뒹구는 걸 삶의 낙으로 여기는 진유청 자신이 왜!

등 따숩고 배부른 진가장을 두고 만날 고생길 늘어진 무림 판을 전전하고 있겠나?

원하는 대로 해도 된다면 진유청은 당장에라도 아버님과 형님 손을 붙들고 하남으로 돌아갈 것이다.

이현 형님께서 처음 주셨던 선물 목록 마지막에 쓰인 대로 말이다.

하지만 그러기엔 다른 소중한 것들이 너무 많아졌고.

혼탁하게 세상을 살아가는 사람들의 바람이 상충해 만들어낸 틈은 머릿속으로 그리고 상상할 수 있는 것보다 너무 깊고 날카롭기에.

진유청은 섬서에 이는 바람이 보기에도 험악하지만, 가려진 실체는 한층 더 흉포할 거라 예상했다.

그렇기에 당장의 일만이 아니라 나중까지 생각해 섬서행을 함께할 일행으로 직접적으로 관련된 이들만 골라 온 것이고.

물론 맹에 남아 있는 동심회 식구들이 걱정돼 한 명이라도 더 도울 이를 남겨두고 싶단 마음도 없는 건 아니었지만……

이 인원이 이번 일에 가장 적합한 수요, 일행이라 여겼기에 밀어붙였다.

그가 굳이 섬서의 성도인 서안 대신 화산을 택한 것 또한 바로 그 이유.

진유청이 저만 들을 수 있을 정도의 작은 목소리로 중얼거렸다.

"과정이야 어쨌든 제갈세가가 장보도 풀이를 한 이상, 불귀곡 혈겁이 바짝 앞으로 다가왔다고 봐야겠지. 그러니 그 일이 일어나기 전에 무림맹을 정리해야 해."

그게 무엇보다 우선돼야 할 첫 번째.

맹에 남은 동심회 식구들이 일보전진한 것처럼, 진유청 자신도 섬서에서 커다란 한 걸음을 내딛을 거다.

그것은 변화요, 앞으로의 흐름을 바꿀 중요한 열쇠가 될 터!

"섬서로 들어갈 때…… 우리가 있는 호북에서 건너가는 게 날까, 아니면 일단 하남으로 넘어갔다가 거기서 가는 게 날까?"

정한수가 혼자 딴생각에 잠겨 있던 유청의 옆구리를 쿡쿡 찌르며 물었다.

"어엉. 어느 게 날라나?"

다른 때와 다르게 묵직한 기운을 뿜어내며, 연륜과 경험을 모두 갖춘 절대자의 모습을 눈 두 번 깜빡할 동안 느끼게 했던 유청이는 바로 평상시의 본모습으로 돌아왔다.

그래서 일행은 눈을 비비고 다시 봤다. 역시나 유청이가 맞다.

방금 그건 잘못 본 게 확실한 듯.

"화산은 하남과의 경계 쪽에 가깝게 있지?"

유청이 한수에게 묻자 그가 고개를 끄덕인다.

호북에서 곧장 섬서로 향하면 산양 지방으로 넘어가 북쪽으로 올라가면 될 것이고, 하남으로 넘어갔다가 가게 되면 그곳에서 곧장 화산으로 가면 된다.

"그렇다면, 하남을 경유해서 가는 게 좋을 거 같은데.

섬서의 군대가 움직였다 해도, 섬서 밖으론 손을 뻗지 못할 테니 최대한 바깥쪽으로 둘러가는 게 낫겠지."

진유청이 낸 의견이 타당했기에 일행들도 별다른 반박 없이 받아들였다.

진유청은 일행들과 시선을 마주했다.

한 명 한 명 모두 열심히 해야 할 일을 위해 열심히 달리고 있다. 그러니 유청 자신도 힘내자.

이전 생에선 못했던 걸 몇 배로 듬뿍듬뿍 받고 있지 않나.

그렇다면 이전 생에선 주지 못했던 것들도 몇 배로 줘야 하지 않겠나.

진유청이 흰 이를 드러내더니, 씩씩하게 외쳤다.

"그럼 갑시다!"

한 발, 한 발 앞으로 나아가는 걸음이 길을 만든다. 여러 곳을 거쳐 방황하고 가끔은 잘못된 길로 가게 되더라도, 결국 그 길의 끝에 이어진 곳은 바로, 너무나 사랑하는 가족이 있는 자신의 집. 진가장.

그렇기에 유청의 내딛는 걸음엔 조금의 주저함도 없었다.

"하하하! 미치겠군, 미치겠어."

이두원은 자신이 살면서 이렇게 웃어본 적이 있었나 싶

을 정도로 격한 반응을 보였다.

"숨넘어가시겠습니다, 방주님."

그에 비해 보고를 올린 사군평의 얼굴은 평온했다.

"자네는 웃기지 않나 보군. 나는 이렇게 재밌는 얘기는 정말 처음 듣는 것 같은데 말이야."

이두원이 호흡을 겨우 정리한 뒤 말하자 사군평이 고개를 가볍게 저었다.

"저도 웃겼습니다만, 방주님께서 방을 비우셨던 사이 온 보고라서…… 벌써 혼자서 실컷 즐겼습니다."

"아아, 그랬군."

그가 고개를 끄덕였다.

"그래도 머리를 엄청 굴린 티가 나지 않습니까? 남경의 자금산이라니요."

"그러게. 풀이를 들어보니 썩 그럴 듯도 하고."

동조하던 이두원이 미간을 찡그리더니 웃음기를 지우고 말했다.

"혹시 그 반쪽은 학자인 척하는 멍청한 놈들이 정말 해석을 잘못했을 가능성은?"

"설마요. 아무리 단서가 있었다곤 해도, 수수께끼의 풀이가 가능했다면 풀이를 해석할 능력도 충분하다는 겁니다. 제갈세가에서 풀이 구절은 명확히 밝혔고 그게 틀리지 않으니 일부러 해석을 오역한 거라고밖엔 볼 수 없습니다.”

“보고대로라면, 동심회 때문에 그런 짓까지 꾸몄다는 건데…… 동심회가 대단하긴 대단한가 보군.”

“대단하지요. 하나 무력보다 그 배포가 놀랍습니다. 보물이 묻혀 있다는 데에도 눈 하나 깜짝 안 하고, 그걸 차 버리다니요.”

사군평의 눈동자가 번들거린다.

그는 남들이 다 갖고 싶어 하는 걸 저만 고고한 척 관심 없다는 듯이 뒤로 빼는 놈들을 원래 싫어했다.

그건 가지고 싶어 하는 이에 대한 예의가 아니지 않은가.

그럼으로써 자기 자신의 가치를 높이기 위해 남을 깔아 뭉개는 것밖에 되지 않는다.

사군평 자신이 지극히 욕망에 충실한 이었고, 스스로 그걸 자각하고 그 사실이 부끄럽지 않았기에…… 그런 놈들은 아주 재수가 없었다.

“그런 단체는 오래가지 못하지.”

욕심이 없이는 단체를 지키고 이끌어갈 수 없으니까.

사군평은 이두원의 평가에 딱히 반박할 마음은 없었다. 그도 같은 생각을 했으니까.

하지만…….

“이대로라면 우리 일에 방해가 될 만큼은 버틸 수 있을 거 같습니다만.”

거대 문파 세 곳과 더불어 이제 오대세가를 밀어내고 첫 손가락에 꼽히는 이름, 진가장까지.

“방해라…… 문제긴 하겠군. 제갈세가가 오역된 풀이긴 하나 보물과 관련된 장소를 언급했는데도 그랬다면 진짜 불귀곡 장보도가 해석돼도 흥미 없어 할 게 아닌가.”

동심회가 꿈적도 안 하면, 무림맹 전체에 영향을 끼치게 될 터.

“이번에 인의회와 중도파, 그리고 이가연합이 다시 한번 동심회를 제거하기 위한 계획을 실행 중이니 그 결과가 나온 다음에 상황을 맞춰 보는 게 좋겠습니다. 당장은 우리가 움직이기 애매하지 않습니까.”

“섬서에서의 일 말이군. 그 계획에 연이상단주도 동참하고 있다지?”

“왜 연이상단주뿐이겠습니까. 서경왕 주익 전하께서도 한몫 단단히 하고 계시다 들었습니다.”

“어쩌나? 자네의 소방주가 몇 날 며칠 눈물을 짜겠군.”

그 둘이 잘못되면 말이다.

이두원이 심드렁한 어조로 놀리듯 하는 말에 사군평의 눈이 가늘어졌다.

“그분이 어째서 저의 소방주이십니까? 연이상단주의 사질이지요.”

"자네는 그날의 화가 아직도 풀리지 않은 모양이군."

"기르던 개한테 물리면, 그런 기분이 들까도 생각해 봤는데…… 다시 한 번 말씀드리지만 저는 작은 짐승을 키워본 적이 없어서 도통 감이 오질 않습니다."

그리고 확실하지 않은 건, 사군평과 함께 있을 수 없다.

그는 명백하게 눈에 보이고 확인할 수 있는 것만 원하니까.

"그 얘긴 이제 됐으니. 제갈세가에 보내야 할 서찰은 어떻게 됐나?"

"네. 얼마 전에 마지막 것을 보냈으니 지금쯤 풀이를 하고 있지 않을까 싶습니다."

"빠르군."

보내야 할 날짜에 제대로 보냈다면 아직 몇 통은 남아 있어야 할 텐데 말이다.

그러나 이두원은 그런 사소한 데엔 신경 쓰지 않았다. 사군평이 알아서 했으리라 여겼으니까.

사군평은 이두원이 그냥 넘어가는 기색이자 눈가를 생글 휘었다.

사실 중간에 우습지도 않은 수작질을 부린 대가로 심술을 좀 부렸기 때문이다.

한 번은 길게 보내지 않았고 그 뒤로는 정확히 보름에 맞춰 보내던 주기를 오 일로 줄여 버렸다.

아마 자기가 한 잘못을 가감해 계산하지 않는다면, 단서 풀이에 크게 곤란함을 겪게 될 것이다.

"그들이 조금만 더 똑똑했어도 자네가 이런 수고는 하지 않았어도 됐을 텐데 말이야."

"그러게 말입니다."

사군평이 의기양양하게 대답하자 이두원이 그를 물끄러미 바라보다 말했다.

"그럼 자네는 단서 없이도 그 미서(謎書)를 풀 수 있나?"

"그건 제가 잘하는 분야가 아니라서 말입니다. 혓바닥으로 책장을 넘기는 거라면 얼마든지 할 수 있지요. 덧붙이자면, 단서가 있어도 저는 못 풉니다. 그러니 혹시 제게 그런 걸 시키시려면 새로운 군사를 뽑으시는 게 좋을 겁니다."

적설(赤舌)이 가장 잘하는 건 이간질과 모사다.

그것에 관해선 천하에 따를 자가 없었다.

"됐네. 풀 수 있는 제갈인창은 우리 손바닥 위에 올라가 있고, 풀 수 없는 자네는 그에게 재주를 넘게 하니. 나는 후자 쪽이 마음에 드는군."

"그리 말씀해 주시니, 영광입니다."

사군평이 입꼬리를 비틀어 올리며 대답했다.

"장보도 해석이 끝난 제갈세가가 어찌 나오는지 잘 살

펴보고, 자네의 말대로 섬서의 일이 끝남과 동시에 무림 맹이 개편되면 거기에 맞춰 다음 계획에 대해 얘기해 보도록 하지.”

“네, 방주님.”

이두원이 손을 바깥쪽으로 내저으며 사군평에게 이만 나가보라 한다.

사군평이 그답지 않게 멈칫하며 주저하자 이두원이 미간을 찡그린다.

“할 말이라도 있나?”

사군평은 쉽게 말을 꺼내지 않다가 이두원에게서 살기가 뿜어져 나오차 입술을 뗐다.

“그분을 뵙고 오셨습니까? 그분은 어떠십니까?”

이두원에게서 살기가 씻은 듯 사라진다.

“그게 궁금했나?”

“……건강은 어떠십니까?”

“잘 계시다.”

이두원이 더는 말하지 않겠다는 듯 두 눈을 내리감았다.

사군평은 그걸로 됐다는 듯이 머리를 숙여 인사를 남긴 뒤 대전을 나섰다.

대전을 나서는 사군평의 입가에 흐릿한 미소가 지어져 있을 것임을, 이두원은 보지 않아도 알 수 있었다.

아주 가끔은 생각한다.

"너나 나나 대체 여기서 무얼 하고 있는 것인지."

그가 난폭해지고 갈수록 더 피를 부르는 것은 아마 그 때문일지도 몰랐다.

"됐다!"

제갈인창이 감격에 겨워 몸을 떨었다.

이게 진짜 장보도가 아닐 수도 있지만, 보통 사람은 평생 봐도 모를 만한 온갖 비밀이 숨겨져 있었으니…… 범상한 물건은 아닐 터.

그런 걸 드디어 자신이 다 푼 것이다.

단서가 돼준 서찰들이 없었으면 불가능했을지도 모르지만, 그 사실이 지금의 희열을 크게 퇴색시키진 못했다.

황택 올국 삼목차홀   교룡승천 일충대번

黃宅 兀國 三木次笏   蛟龍昇天 一蟲待番

교룡승 다음에 온 글자는 제갈인창의 예상대로 천자가 맞았다.

"교룡승천은 이무기가 하늘로 올라가면 용이 된다는 뜻이렷다."

제갈인창이 탁자 위 흰 종이 위에 검은 먹물을 듬뿍 먹인 붓으로 용(龍) 자를 썼다.

그리고 그 다음.

일충대번(一蟲待番), 한 마리 벌레는 순서를 기다린다는 뜻.

벌레 충(蟲) 자는, 세 개의 벌레 충(虫) 자로 이루어져 있는데…… 이 중 한 마리 벌레란 뜻에 맞춰 虫 자 하나를 꺼냈다.

그 후, 기다릴 대(待) 자와 순서 번(番) 자는, 순서 번(番) 자를 기다린다는 뜻으로 풀이한다.

벌레 충(虫) 자가 순서 번(番) 자를 기다리니, 두 개가 합쳐지면…….

虫番 — 蟠

서릴 반(蟠) 자였다!

그러니…… 광서 계림부에 있는…… 용반!

우당탕탕!

제갈인창이 탁자고 뭐고 정신없이 벌떡 일어나 지도를 찾아서 활짝 펼쳤다.

그의 눈에 딱 들어오는 이름이 있었다.

용반산! 용반산이었다!

"하하하, 하하하하!"

제갈인창의 웃음소리가 크게 울려 퍼졌다.

"가주께서 좋은 일이 있으신가 보군."

제갈건이 눈밑에 짙은 그늘을 드리운 채로 큰 웃음소리가 새어 나오는 가주의 처소를 물끄러미 바라봤다.

인의회도 없이 맹의 다른 문파들을 조율해 동심회를 상대하는 계획에 맞춰 이야기를 나누는 게 얼마나 힘든지, 나와서 한 번 보실 생각도 안 하시고…….

그 수수께끼 책에 미쳐 계신다.

어차피 남의 도움으로 푼 풀이고 해석이니 자신만의 힘도 아니오, 그것이 진짜란 보장 또한 어디에도 없건만.

"소가주님, 밖에 팽가의 분들께서 오셨습니다."

회의 때 아무리 설명해 줘도 밤낮 가리지 않고 찾아와 같은 말을 묻고 또 묻는 멍청이들.

"지금 나갈 테니, 잠시만 기다리시라 이르게."

제갈건이 힘없이 대답했다.

동심회와의 일 이후로 계속 뭔가 속이 막힌 것처럼 답답하고 뚫리지가 않았다.

이 병에서 낫는 방법은 오직, 동심회의 파멸을 두 눈으로 목도하는 것뿐.

그래야만 다시 예전처럼 시원하게 숨을 쉴 수 있을 것 같았다.

제갈건이 두 눈을 질끈 내리감는다.

최대한 빨리 시간을 맞추리라. 그래서 동심회를 무림맹

에서 지워 버리리라!

　달빛을 가린 구름으로 인해, 그의 발밑에서 뻗어 나간 그림자가 어둠에 먹혀 테두리를 잃고 세상 모두가 검게 물들었다.

　세상이 미쳐 날뛰기 시작했다.

　　　　　　　　　　　〈『귀환! 진유청!』 제12권에서 계속〉

귀환! 진유청!

1판 1쇄 찍음 2012년 3월 23일
1판 1쇄 펴냄 2012년 3월 29일

지은이 | 로 토
펴낸이 | 정 필
펴낸곳 | 도서출판 **뿔미디어**

편집장 | 이재권
기획 · 편집 | 심재영
편집디자인 | 이진선
관리, 영업 | 김기환, 임순옥

출판등록 | 2002년 9월 11일 (제1081-1-132호)
주소 | 부천시 원미구 상3동 533-3 아트프라자 503호 (우)420-861
전화 | 032)651-6513 / 팩스 032)651-6094
E-mail | BBULMEDIA@paran.com
홈페이지 | www.bbulmedia.com

값 8,000원

ISBN 978-89-6639-568-2 04810
ISBN 978-89-6359-513-9 04810 (세트)

http://www.bbulmedia.com

http://www.bbulmedia.com